GILA NORMAN

Flucht in die Karibik

Ein Zeitzeuge begegnet der jungen Golda Meir in Évian

Figurenverzeichnis

Mitwirkende im Jahre 1938

Jacob Blumental sen.	Vater	*1900
Ruth Blumental	Mutter	*1900
Aron Kirschenbaum	Freund	*1900
Jaques Blumental jun.	ICH Erzähler	*1926
Benni Kirschenbaum	Freund vom ICH Erzähler	*1926
Golda Meir	Geliebte	*1898

Mitwirkende im Jahre 2016

Jaques Blumental	ICH Erzähler	*1926
Benni Kirschenbaum	Freund vom ICH Erzähler	*1926
Johannes Blumental	Sohn	*1946
Thilda della Fontez	Schw-Tochter	*1950
Harrie della Fontez	Enkel	*1981
Isabell	Stewardess	*1981

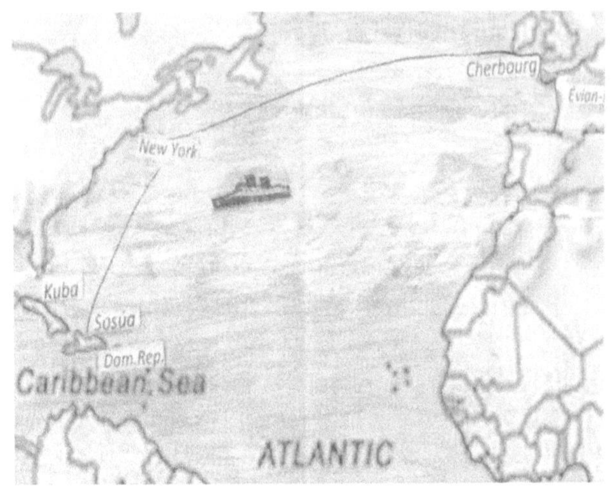

Die Handlung ist frei erfunden, orientiert sich aber an historischen Ereignissen und Personen.

Für

Linda-Angelina

<u>**Flucht in die Karibik**</u>

Es ist die Geschichte meines **Vaters** und einer jungen Frau, der späteren **'Golda Meir.'** Es sind die Dinge, die sich zum richtigen Zeitpunkt zufällig ereignen und Emotionen erwecken, die eine überraschende Wende in seinem Leben nehmen. Würde Vater diese Erinnerungen zu Papier bringen, wäre es eine Hommage an eine attraktive junge 'Goldi', wie er sie nannte.

Eigentlich wollten wir zum **'Roosevelt'** in die Vereinigten Staaten. Gelandet sind wir in der Karibik, hier am Bananenstrand von Chiquita in Sosúa wo uns eine gleichbleibende Badetemperatur ganzjährig erhalten bleibt.

Die im Laufe der Jahre angepflanzten Palmen haben sich innerhalb drei Generationen zu haushohen Bäumen entwickelt. Sie schützen unsere Veranda vor einfallenden Sonnenstrahlen.

Jeden Tag um dieselbe Zeit berichtet die 'Deutsche Welle' über weltweite Neuigkeiten.

Heute: "Attentat im Herzen von Tel Aviv". **Harrie** hatte sich gerade die Süddeutsche Zeitung ausgebreitet. Die aktuelle Meldung war interessanter:

"**Jaques**" rief er "Schau Dir das an, was wieder los ist bei Deinen Glaubensbrüdern".

Harry schaltet die Lautstärke auf 'Jaques' Gehör ein. Das bedeutet laut.

Auf einem großflächigen Flachbildschirm erscheint ein zahlreiches Polizeiaufgebot.

Zwei Palästinenser schießen in einem belebten Park mitten in Tel Aviv wahllos um sich. Sie richten ein Blutbad an, bevor sie überwältigt werden. Regierungschef Netanjahu kündigt ein entschlossenes Vorgehen gegen Terroristen an.
Eine Augenzeugin berichtet: 'Ein Attentäter fing plötzlich neben uns an zu schießen. Wir rannten wie die Verrückten weg, er war erst hinter uns, dann bog er in eine Nebenstraße.'
Der Mann habe im Laufen immer weiter auf Menschen geschossen".

"Wir können von Glück sagen, dass Deine Golda euch vor Kriegsbeginn hierher verschickt hat."

Damals hieß sie noch Meyerson, war mit einem Musiker verheiratet und hatte zwei Kinder in meinem Alter.
Ihre Eltern sind nach Milwaukee ausgewandert als sie sechs Jahre alt war. Golda sprach akzentfrei englisch, während im Elternhaus weiterhin jiddisch gesprochen wurde.
Ihren Namen änderte sie erst im Jahre 1954. Von da an nannte sie sich dann Golda Meir, wobei die Betonung ihres Namens auf dem i lag.
Bekannt ist sie uns als ehemalige Ministerpräsidentin Isarels aus den Jahren 1969 bis 1974, eine alte Frau mit politischem Charisma, die damals schon einundsiebzig

Jahre alt war. Ihre äußere Erscheinung entsprach eher einem unerotischen a-sexuellen Oma Typus, trotzdem verfügte sie über politisches Charisma mit starker Ausstrahlung. Ihr LUCKY STRIKE Konsum ohne Filter hatte tiefe Kerben in ihrem Gesicht hinterlassen.

Aber zu Vaters Zeiten im Jahre 1938 in Evian war sie jung und attraktiv. Ich spreche, wie ich schon sagte in meiner Erzählung weiterhin von Golda Meir auch wenn sie erst später so hieß.

Kurz vor Beginn des zweiten Weltkrieges begegnete mein Vater dieser jungen attraktiven Golda. Er lernte sie während seines Engagements in Evian-les-Bains näher kennen und er tat alles um diese attraktive junge Frau zu erobern. Und schließlich war sie es, die nicht unbeteiligt daran war, dass Harrie mit mir, seinem über neunzigjährigen Großvater heute in der Dominikanischen Republik lebt.

Sollte jemand meine Rolle im Film übernehmen, dann würde ich diesen Herrn 'Jemand' als einen hochgewachsenen, knöchrigen weißhaarigen alten Mann sehen. Dass mein Gebiss bereits zum dritten Mal ausgewechselt wurde, wäre weniger auffällig als meine dicken Brillengläser. Es gibt Tage, an denen ich mich Dank meiner Leichtigkeit ohne Spazierstock fortbewegen kann. Am liebsten sitze ich mit meiner Angel am Fluss.

<u>1 Return</u>

Isabell dreht auf dem Absatz um, der Anruf auf dem Festnetz kommt von der Redaktion ihrer Tageszeitung: „Aha, einen Bericht zum Thema ‚Gesellschaft' zeitnah ist gewünscht, … Rubrik Interview" wiederholt Isabell. - Weiter Begriff! So ein Idiot. Ich flieg nach 'Ballermann!' Sind Billigurlauber. Wie wär's mit "Fluch der Karibik".

Ihre blonden Haare sind zu einem Pferdeschwanz zusammengebunden. Unterwegs versucht sie die Ärmel der Uniformjacke zu erwischen. Ein Blick auf die Uhr. Die Zeit ist knapp wie immer. Handgepäck und Handtasche landen auf dem Rücksitz ihres neuen Fiats, der hergeben muss, was möglich ist um rechtzeitig beim Briefing zum Flug nach Santo Domingo zu sein.
Der Anruf ging ihr durch den Kopf, er meint sicher ein Essay über das Crew-Leben, oder vielleicht über den Stop-Over, oder beides? Sicher weiß er selbst nicht genau was er haben will. Wieder so ein undefinierter Auftrag, der nicht reicht um ein Appartement in München bezahlen zu können, weshalb sie diesen Job als Flugbegleiterin immer noch machen muss. Nix anstrengender als dieser Knochenjob.
Zwölf Crew-Mitglieder der Kabinenbesatzung haben sich inzwischen eingefunden und bewegen sich auf dem schmalen Gang zum Treffpunkt, wo der Flugverlauf nach

POP, Abkürzung für Puerto Plata besprochen wird. Der Co-Pilot kommt dazu, teilt die Wetterbedingungen mit. Die Türen des Crewbusses öffnen sich hinter der Tragfläche. Gedankenversunken trabt Isabell lustlos der Kabinen-Crew zur hinteren Treppe des Jumbos hinterher.

Puerto Plata im Norden der Dominikanischen Republik gilt als Urlaubsparadies für Pauschaltouristen. Aber Cabarete war etwas Anderes. In diesem ehemaligen Fischerdorf spielt sich das Leben am Strand ab. Hat richtig Flair, dieser Ort an der Bucht von Punta Galeta. Hier haben die Kite-Surfer ihr eigenes Revier. Der Nordwest Passat bietet beste Wetterbedingungen. Die weite Bucht hängt voller bunter Segel, die wie überdimensional große Schmetterlinge aussehen und sich bis zum Horizont hinziehen. In diesem Punkt scheint Einigkeit in der Crew, zwei freie Tage unter blauem Himmel und warmem Meerwasser ist bezahlter Urlaub, wobei der ältere Herr aus dem Cockpit in seiner Uniform ein deutlich vorteilhafteres Bild abgibt als hier in der Badehose.

In der Bordküche sind die Vorbereitungen für den Rückflug von Puerto Plata nach München in Arbeit. Die Abendsonne scheint zum Fenster der hinteren Bordküche in die Boeing 747 hinein. Isabells junger

Kollege schwingt fünf Teebeutel wie einen Propeller durch die Luft und hängt sie in die Teekanne. In Augenhöhe hängt ein Zeitungsausschnitt am Trolley. Er zeigt das Bild einer Flugbegleiterin, die in Hausschuhen und im Morgenmantel, mit Lockenwicklern im Haar und einer Zigarette im Mundwinkel hängend im Gang der Sitzreihen steht und einem Passagier Kaffee einschenkt. Isabel liest laut:

„I hate the early in the morning flights, die spricht mir aus der Seele. Der Weckruf heute Nacht hat mich aus meinem tiefen Traum gerissen. Wollte ihn mir eigentlich merken."

"Heute Nacht, du meinst heute Nachmittag"

Seine Teekanne vergräbt er im Trolley. Dem 'First Aid Kit' entnimmt er zwei Aspirin, die beim Auffüllen mit Coca-Cola kräftig aufsprudeln und reicht eins der Gläser Isabell.

"Aspi verdünnt das Blut und mit Cola putscht auf, das hilft."

"Bei uns ist ja fast Mitternacht, da darf man ruhig müde sein."

Am Flughafen Puerto Plata am Check-In Counter herrscht Hochbetrieb. Über dem Check-In-Counter hängt **Harrie**, ein hochgewachsener junger Mann, der seinen dunklen Lockenkopf ins Blickfeld des Computers gerichtet hat.

Er selbst würde sich als eine Melange aus einer dunkelhäutigen Dominikanerin und einem weißen Vater bezeichnen und gibt sich gern als kaffeebraun mit einem guten Schuss Sahne auf langen hochgestellten Beinen und einem kleinen runden sexy-e-e-knackarsch kund. Isabell, seine zukünftige Flamme, sagt das ganz gern und langt ihm dabei an seinen Hintern.

„**Mister Harrie Della Fontez**", guckt ihn die junge Frau an der Gepäckabfertigung fragend an, „haben Sie Gepäck?"

Er schiebt seinen Koffer auf die Waage.

„Ist die Maschine nach München voll? Ich hätte gern eine Reihe mit viel Beinfreiheit. Wenn's geht an der Tür."

Nach kurzer Mimik hin und her ist ihm seine Platzkarte gesichert. Er erhält eine kurze Info über sogenannte „able body persons" die bei Notlagen im Stande sein müssen, dem Flugpersonal Hilfe leisten zu können.

Isabell und ihr Kollege lümmeln in der Bordküche und trinken beide ihre Coca-Cola mit Aspirin.

Über Bordlautsprecher kommt die Ansage für die Crew:

„PAXE"

Beide verstauen ihr Getränk und bewegen sich zur hinteren Eingangstür.

Beide setzen ein freundliches Gesicht auf, knöpfen Jacken zu. Er stößt Isabell an,

„Du nickst und ich sag' Guten Tag."

Es dauert nicht lange, da bekommt Isabell doch Ihre Zähne auseinander und grüßt auch - ist dem dunklen Lockenkopf sogar behilflich bei der Platzsuche.

Ihr Blick verrät, 'oh mir gegenüber am Emergency Exit'.

Die PAXE wühlen sich durch das Gedränge der Kabine. Gepäck wird verstaut. Die Plätze sind eingenommen. Die Kabine klart sich auf.

Die Maschine rollt zur Startposition. Start-up ist gegeben. Über Bordlautsprecher ist zu hören:

„Take Off – Crew bitte setzen"

Die 747 dreht eine scharfe S-Kurve, die Triebwerke laufen auf Hochtouren.

Bremsen werden gelöst Gase hineingeschoben (wie es in der Fliegersprache heißt).

Es ist, als trödele der Flieger im zweiten Gang die Startbahn entlang.

Der Lockenkopf blickt unentwegt durchs Fenster in Richtung der zwei rechten Triebwerke, dabei hat er die Flugbegleiterin im seitlichen Blickwinkel.

Die geschätzte Geschwindigkeit liegt bei ca. 120 km/h. Und die Geschwindigkeit erhöht sich auf maximal 200 km/h. Wie war das nochmal mit der Abhebegeschwindigkeit geht ihr durch den Kopf.

Der Lockenkopf zur Flugbegleiterin die gegenüber zur Flugrichtung sitzt:

"Es brennt! Da kommt Feuer raus!"

Das äußere Triebwerk zieht einen Feuerschweif hinter sich her.

Nichts passiert. Die Maschine zieht ihren Start weiter durch, und zieht einen roten Feuerschweif hinter sich her. In den Sitzreihen sind alle still.

Der Lockenkopf krallt sich an seiner Lehne fest. Ihm sind Gedanken abzulesen:

Ich bin der erste, der rausspringt – Mitten durchs Feuer. Wenn's knallt ... raus! (Wie grad erklärt am Check-in) HEBEL HOCH UND AUF DIE ANDERE SEITE, TÜR KOMMT NACH INNEN, DANN NACH AUSSEN STOSSEN, (Also nix mit 'able body person') ÖFFNEN UND RAUS!

Während er geradeaus starrend seine Armlehne immer fester umkrallt, als säße er auf einem Schleudersitz.

„Es ist aus. – Es ist wieder aus."

Das Ende der Startbahn ist erreicht. Das Abheben ist nur kaum zu merken, aber er schwebt. Nur drei Triebwerke laufen die eine Schaufel des Dreier-Triebwerks steht still.

Der Boden ist weg, nur noch Wasser, selbst die kleinsten Wellen sind sichtbar.

Die Maschine setzt an zu einer Rechtskurve über das Meer und verliert dabei wieder an Höhe, was eigentlich ganz normal ist, doch in diesem Moment macht es Angst! Sie fliegt so niedrig, dass man den Mast vom Segelschiff packen könnte.

Sie schwebt wie ein Geisterschiff, das kurz nach dem Take Off gleich wieder zu einem 'ditching' auf dem Wasser ansetzen wollte.

Niemand der Passagiere rührt sich. Schweigende Ungewissheit deren Luft mit dem Messer schneidbar ist breitet sich in der Kabine aus.

Die Kurve ist zu Ende, die Segelboote verkleinern sich. Zum ersten Mal rührt sich jemand in der Kabine.

Harrie lässt die Flugbegleiterin nicht aus dem Auge. Sie telefoniert mit einer Kollegin, "das Dreier-Triebwerk hat gebrannt!"

"Aha, alles unter Kontrolle. Kein Grund zur Besorgnis. Die automatische Löschanlage hat sofort eingesetzt, aber wir müssen umkehren. Wir lassen den Treibstoff ab und warten auf ein Alternate".

Wenn auch nur Fragmente für ihn verständlich sind, aber dass alles unter Kontrolle ist erleichtert Harrie. Langsam lösen sich seine Hände, die krampfhaft seine Sitzlehnen umkrallt hatten.

Der Kollege kommt von der letzten Reihe hoch zur Kollegin und setzt sich neben sie. (Der Jumbo liegt – auch während des Fluges – nie ganz gerade in der Luft. Insbesondere im hinteren Teil 'hängt' er tiefer).

"Ich hatte das Gefühl, ich komm da hinten nicht mehr mit. Als ihr endlich abgehoben hattet, hing ich immer noch da unten" Harrie zugewandt, fühlt er sich zu einer Erklärung verpflichtet, "wissen Sie, wenn der Flieger einmal richtig fliegt, dann fliegt er. Egal, ob sich die eine Schaufel im Triebwerk dreht oder nicht. Jetzt brauchen Sie sich keine Sorgen mehr zu machen"

Über Bordlautsprecher kommt die Ansage aus dem Cock-Pit:

"Hier spricht Ihr Kapitän. Aus technischen Gründen müssen wir umkehren nach Puerto Plata ..."

Harrie deutet auf das Ende der rechten Tragfläche, an dem der Treibstoff abgelassen wird. Es sieht aus, als zögen sie weiße Seile hinter sich her.

Harrie zum Nachbarn,

"Schaut mal, was hier abgelassen wird über dem Meer"

"Das ist Kerosin," mischt Isabell sich ein.

"Das muss wieder abgelassen werden ... wegen unserem Landegewicht"

Es folgt ein schneller Wortwechsel, der Bordlautsprecher scheint uninteressant.

"Das wär doch was für Greenpeace", meint Harrie zur Nachbarin.

"Das nächste Mal überquerst du den Atlantik mit nem Segelschiff"

Harrie will wissen, "was hat der da gerade gesagt?"

Isabell: "Dass wir jetzt nach Puerto Plata umkehren".

Flugbegleiter (zückt die Schultern)

"Aircraft-Change?"

Harrie "Air-Was??"

"Wir werden wohl umgebucht auf eine andere Airline."
Während die Maschine sich im 'holding' über dem Karibischen Meer bewegt, löst sich die Stimmung.

Beim Aussteigen übergibt Harrie Isabell seine Visitenkarte.
„Sehen wir uns auf einen Drink"
Sie hält seine Visitenkarte in der Hand:
„**Harrie Della Fontez** – interessanter Name"

Am Flughafen Puerto Plata steigt die Crew wieder ins Taxi ein.
Der Kapitän gibt Infos über den weiteren Verlauf:
„Die Hotels in Cabarete haben keinen Platz für uns, wir bleiben über Nacht in **Sosúa,** danach bekommen wir neue Infos zu unserem weiteren Einsatz,"- er wendet sich Isabell zu und betont, -
„und unsere Paparazzis bitte ich um äußerste Diskretion. Ist kein gutes Image für unsere Airline, wenn ich unser 'Return' morgen in der Tagespresse verfolgen muss."
„Was soll d a s denn". Kontert Isabell. Wer soll denn hier was veröffentlichen?"
„Schreiben Sie nicht für die vier großen Buchstaben?"
„Sie wissen doch ganz genau, dass ich nicht für die Springer Presse arbeite."

<u>2 Jaques, der Alte am Fluss 2016</u>

Am Hotel Pool notiert **Isabell** Notizen zu ihrem Bericht der Rubrik
"GESELLSCHAFT" zum Thema "DAS INTERVIEW" ….
vielleicht … Harrie Della Fontes wurde 1981 in Sosúa geboren – und dann?? –
Eher zu langweilig. Nur weil er einen Knackarsch hat? Nee. Am liebsten würde sie über den blöden Kapitän ein paar Zeilen loslassen. Allerdings würde ihr Job bei der Fliegerei danach wohl etwas zähflüssiger ablaufen.
Plötzlich steht **Harrie** neben ihr als hätte sie ihn herbeigedacht:
„Ich konnte mir denken, dass Sie hier sind, Crews steigen immer in schönen Hotels ab. Hier ist es auch ganz schön. Sosúa gehört zu den wenigen touristischen Orten, die nicht nur aus 'All Inclusiv' Anlagen bestehen. Es hat einen Ort mit Geschäften, jede Menge Restaurants und Bars. Gilt auch als Single-Treff." Blickt sich um, „den Strand schon gesehen?"
„Bin grad erst aufgestanden".
Den feinsandigen Strand entlang, den kleinen Fluss hinauf, der als Rinnsal im Meer landet heißt es für Isabell 'Füße aufheben'.
„Der Alte dahinten ist **Jaques** mein **Opa**. Er geht hier immer angeln."

Füße aufheben, hat ihre Mutter sie schon immer ermahnt. Vor lauter Hölzchen und Stöckchen, dazwischen Palmenwedeln ist die Angelleine so gut wie unsichtbar. Eine frische Meeresbrise zieht kleine krause Wellen über die Flussmündung.

"Vorsicht, junge Frau mit den Gedanken wohl ganz woanders? Manchmal denke ich, alte Leute sieht man nicht mehr. Aber sie gehören zum Fluss des Lebens, alles fließt an dir vorbei, wenn du es fließen lässt, wirst du von dem Fluss getragen. Er trägt dich durch Veränderungen hindurch. Du musst ihm nur vertrauen."

Die Leine hat sich am Klettverschluss von Isabells Turnschuh verhakt.

„Ja stimmt. Es ist die Gedankenlosigkeit, aber mir fehlt der regelmäßige Schlaf. In meinem Beruf gibt es keine geregelten Zeiten.“

„Kenn ich gut." An seiner Leine hat ein undefinierbarer kleiner Fisch angebissen.

"Ich bin **Jaques**. Bei mir begann die Schlaflosigkeit, als mein Sohn **Johannes** sich Hals über Kopf nach USA abgesetzt hat und seine dominikanische Frau Mathilda hier zurückgelassen hat. Mathilda wir nennen sie **Thilda** war nicht gerade begeistert. Sie war hochschwanger mit Harrie, ihm da drüben" und deutet zu Harrie.

„Hat denn keiner nachgefragt, wohin nach USA?"

"Die Dominikaner gingen irgendwie lockerer mit dem Thema um, hat wohl auch niemanden interessiert, aber ich kann seitdem auch nicht mehr schlafen."
Naja alte Leute können eh nicht schlafen, das ist ja bekannt, denkt er.
"Das Thema begleitet mich lebenslang. Habe ich von meinem Vater geerbt. Opernsänger war er oder wäre er gern gewesen. Oft bekam er Rollen für nebensächlichen Figuren, wurde dann aber aufgrund seiner Renitenz dem Intendanten gegenüber vorzeitig rausgeworfen. Das ist lange her." Macht eine kleine Pause, erzählt weiter,
"kennen Sie sich aus in deutschen Geschichte?"
"Klar"
"Der zweite Weltkrieg?"
"1939 begann er"
"Genau und 1938 war in Frankreich noch alles recht friedlich. Deshalb flüchteten wir nach 'Evian' an den Genfer See. Vater hatte dort ein Engagement erhalten. Er sollte abends im 'Wiener Café' auftreten. Es befand sich im Hotel Royal. Wenn er dort sang, brachte er die Stimmung der Leute in kurzer Zeit auf Hochtouren. Die oberflächliche Glitzerwelt hatte sich hier gehalten. Gefeiert wurden sie alle, die Künstler, die Dichter, die Reichen haben sich vermischt. Alles vermischte sich. Religionen waren altmodisch. Niemand wollte was wissen von irgendwelchen Verfolgungen bestimmter Glaubensbrüder und die 'Comedian Harmonists' traten

in Duplikaten auf. So auch mein alter Herr damals. Einige brillierten mit ihren künstlichen Kastratenstimmen."

„Kenn ich von meiner Oma. Die mochte die 'Comedian Harmonists' auch." Bestätigt Isabell und hört mir gespannt zu.
"Mein alter Herr schien wohl die Fratze in der Seifenblase rechtzeitig erkannt zu haben, in der die Marschmusik vom weiten trommelte. Das war alles im Jahr 1938."
"Aber das wollen Sie", ich blicke zu Isabell auf, "ja gar nicht wissen."
„Das denken Sie, weil ich so müde aussehe."
"Nein, das denke ich nicht. Müdigkeit ist mir ja wohl bekannt, wie ich grad sagte, und immer, wenn er …
- Gott hab ihn selig -, immer wenn er nicht schlafen konnte, las er im 'Spinoza'. Las mir laut vor. 'Spinoza', der als junger Mann von seiner jüdischen Gemeinde exkommuniziert wurde, prägte sich zum Spiegelbild seiner Seele aus. Wenn er von Gott sprach, sprach er von jemanden, der eins war mit der Natur und einer höheren Intelligenz, die alle Substanz in sich vereint. Er war sich sicher, dass alles was geschieht, ausnahmslos den planmäßigen Gesetzen der Natur folgt. Und 'so könnte es sein' wiederholte Vater sich von Zeit zu Zeit."

Isabell hört mir so interessiert zu, dass ich mich geschmeichelt fühle und sie zu uns in unser Haus einlade.

"Ich habe Ihnen meinen Namen noch gar nicht gesagt, ich bin Jaques und uralt."

"Isabell".

Harrie fährt uns durch die Straßen von Sosúa. Isabell blickt aufmerksam um sich, als Harrie uns durch die Dr. Alejo Martinez Straße chauffiert an der Synagoge vorbei, in die David Stern Straße einbiegt und danach in die Dr. Rosen Straße.

"Wir sind hier schon in der Dom Rep?"

"Es gibt viel zu erzählen", ergänzt Harrie.

Sie biegen in die Straße der Wohngegend nach 'El Baty' ein.

"'El Baty' ist ein Vorort von Sosúa. Vater hatte dort ein Stückchen Land erworben. Ursprünglich gehörte das Land mit zur Bananenplantage von 'Chiquita'. Ein amerikanisches Unternehmen bekannt unter dem Namen 'Chiquita' hatte ein großes Stück Land an den damaligen Diktator 'Trujillo' zu einem Freundschaftspreis verhökert. Hier sollten die eingewanderten deutschen Juden das Land neu bestellen, was anfänglich aber in die Hose ging. Riesige Tomatenplantagen wanderten nach der Ernte ins Meer, weil die Dominikaner keine Lust auf Tomaten hatten. Tomaten zählten zu einem Gemüse, das sie nicht kannten und deshalb auch nicht brauchten."

"Nachdem der Anbau mit den Tomaten schief ging, durfte das Land bebaut werden".
"Unter einer Bedingung", ergänze ich,
"bekommen hatte Vater das Grundstück unter einer Bedingung. Er musste eine Anzahl von Palmen um seine neue Hütte herum bauen. Seine Hütte wurde mit den Jahren immer weiter ausgebaut und modernisiert. Die kleinen neu angepflanzten Palmenwedel entwickelten sich im Laufe der Jahre zu hohen schlanken Palmen mit weiten Palmenwedeln. Und das alles mit Blick auf den Atlantik in der Nähe vom 'Chiquita Strand'. Hier konnte ich bleiben."
Ein altes Schild **'Jacob Blumental'** ist in der Hauswand befestigt.
"Tja, für mich war klar, hier gehe ich nicht mehr weg. Und **Mathilda** war natürlich auch ein Grund. **Tilda** wie ich sie immer nannte war ein rassiges kurviges Weib aus Santo Domingo. ... Ich glaub mir hört hier keiner mehr zu, wo seid ihr zwei?"
Harrie und Isabell sind tief versunken im Gespräch in der Veranda.
Harrie legt eine Merengue Musik in den CD Player ein und dreht auf volle Lautstärke.
"Du hast Geburtstag."
"Du weißt ich lasse meinen Geburtstag grundsätzlich ausfallen, ich hasse die grauseligen Zahlen die über die neunzig gehen, aber du kannst mir und meinem alten **Schulfreund Benni** einen guten Bordeaux öffnen."

"Die Musik spielt laut. Extra für dich."

"Ich bin ja nicht schwerhörig! Diese 'Merengue' Musik, die gehört zu diesem schönen Panorama. Die salzige Seeluft, und gleich da vorne das Meer mit seinen Stränden, es ist einfach schön und als Kinder haben wir es hier genossen. Ich war ja erst dreizehn als ich mit meinem Vater ankam. Wir Kinder waren in unserem Element."

Isabells Blicke bleiben an einem verschwommen schwarz-weiß Foto einer jungen dunkelhaarigen 'Golda' hängen.

"Sie ist hübsch", schaut zu Harrie, "war das deine Oma?"

"Nee, das war doch die süße Goldi, ich kenne sie auch nur aus Erzählungen, aber Jaques hat sie im vollen Glanz miterlebt."

"Da kommt mein Schulkamerade Benni, ja wir sind hier die Grufties. In eurer Generation sind das die Gothics, mit dem Unterschied, dass wir nicht in schwarzen Gewändern und abrasierten Haaren herumlaufen."

Eine Wolldecke vor sich tragend schlürft Benni in die Veranda. "An meinem Kopf ist nicht viel abzurasieren".

Er macht es sich bequem und fährt fort,

"hat er euch schon vom Spinoza erzählt?"

"Alles ist den natürlichen Gesetzten der Natur unterworfen," gibt Isabell zur Antwort,

"ich meine das Geld im Spinoza"

"Geld im Spinoza?" Das ist auch für Harrie neu.

"Er riss alle Seiten vom Spinoza raus. - Fast alle. Ein paar Seiten, die ihm wichtig waren blieben erhalten. Die Hohlräume wurden aufgefüllt mit seinem Vermögen aus alten zerfledderten Geldscheinen, die er bei meinem Vater angelegt hatte. Im Spinoza, so dachte er war es gut und intelligent verpackt, um auf die Flucht zu gehen."
"So war es dann wohl auch", ergänze ich.

Zum weiteren erzählen lassen wir uns auf unserer geräumigen Veranda nieder.
Dieser Bordeaux ist vom feinsten, der Korken floppt.
Zwei Gläser für zwei alte über neunzigjährige werden von Harrie zur Hälfte gefüllt. Isabell trinkt nur Wasser.

3 Schach mit Aron 1938

Im Jahre 1938 entschieden meine Eltern sich dazu, Deutschland zu Verlassen. Unter den politischen Verfolgungen litt auch besonders unser Familienleben.

Bennis Vater, Aron Kirschenbaum war ein schwergewichtiger Mann. Benni hatte die äußere Erscheinung seiner Mutter geerbt und blieb bis ins hohe Alter schlank. Sein Vater Aron erschien mir jedes Mal wenn ich ihn sah dicker. Wir nannten ihn immer den Gelddrucker, weil er ein Bankgeschäft hatte. Aron Kirschenbaum stand an der Fensterscheibe seiner Bank. Die Scheibe sah aus, als würde sie nie geputzt werden. Das fiel mir sogar als Kind auf.

Es hatte sich herumgesprochen, die Zwangsversteigerungen von Besitztümern gehörten zur Tagesordnung. Seit dem Frühjahr begann die gesetzliche „Arisierung". Alles hatte sich gesteigert bis hin zur Existenzbedrohung.

Arons Umfang hatte wenig Platz in seinem dunklen Anzug. Für den Außenstehenden schienen mein Vater Jacob und Aron vertieft in ihr Schachspiel. Arons Schachfiguren waren aufgebaut in der Position zur Rochade. Die beiden trafen sich regelmäßig zum

Schachspiel im Café. Durchs Fenster war lautes Gewirr von Unruhen erkennbar. Arons breiter Hintern labte rechts und links über den Stuhl hinaus. Im Blick hatte er Uniformierte Männer, die widerborstig mit einem Passanten umgingen Andere Uniformierte pöbelten auf Passanten ein. Der deutlich biegsamere Jacob drehte sich zum Fenster:

„Zum Teufel …" Aron gestikulierte, er soll sein Maul halten, er zeigt auf seinen Turm:

„Ich setze auf den ‚Turm' der alle schlägt."

"Seit wann schlägt der 'Turm' alle? Was meinst du damit?"

Aron machte eine Pause und setzte über den Tisch gebeugt im Flüsterton fort,

„Pass auf! Wir werden überall bespitzelt und dann werden wir rausgeworfen. Durch die neuen Ariergesetze ist alles institutionalisiert. Unsere jüdischen Betriebe sind stigmatisiert. Den jüdischen Privatbanken drohen Besitzübertragungen auf arische Inhaber. Mach ich's nicht, treiben sie mich in die Liquidation, so wie schon andere. Hier werden erstklassige Intrigen geschmiedet. Kein Privatvermögen ist mehr sicher. Jetzt muss alles schnell gehen."

"Wir reden am Sonntag weiter. Bei dir zuhause können wir in Ruhe fluchen."

Benni freute sich immer ganz besonders, wenn ich mit meinen Eltern zu Besuch kam. Es gab so gut wie keine Schulkameraden mehr, die mit ihm spielen wollten oder genauer gesagt die nicht mit ihm spielen durften. Wir wohnten zu weit auseinander, um uns täglich zu verabreden. Meine Mutter Ruth hatte sich für den Besuch bei den Kirschenbaums wieder besonders auf gestylt. Sie schminkte ihre vollen Lippen mit einem knallroten Lippenstift und trug ihre taillierte Rüschenbluse, die sie intensiv mit Stärke besprühte bevor sie sorgsam Rüsche für Rüsche gebügelt hatte.
Es roch nach dem Duft des Kaffees. Aron bediente sich zuerst mit einem großzügigen Schlag Sahne, den er über den selbstgebackenen Apfelkuchen klatschte. Bennis Mutter verdrehte die Augen und konnte sich nicht verkneifen:
"Man sieht ja wo´s bleibt."
"Dann friss deinen Kuchen doch selbst."
"Ach so war das nicht gemeint … ".
"Aber Ruth kann noch was vertragen."
Benjamin genannt Benni und Jaques zappeln mit den Beinen unterm Tisch:
"Wir wollen endlich aufstehen", quengelt Benjamin stupst seinen Freund Jaques an:
Im selben Moment sind beide mit vollen Backen auf dem Weg nach draußen.

"Jetzt können wir in Ruhe reden," meint Jacob sen. beugt sich über den Tisch zu Aron, der gierig seine Torte in sich hineinschiebt.
Benni und ich, wir haben uns auf den Hof getraut. Manchmal wurden wir blöd von Leuten angeredet, haben uns wenig beeindrucken lassen. Zu zweit waren wir stark.
Benni, wie er genannt wurde, hatte nicht die Fettleibigkeit seines Vaters Aron Kirschenbaum geerbt. Auch seine Gesichtszüge glichen seiner attraktiven Mutter. Vater redete sie gern mit Kirsche an. Nicht nur der Name Kirschenbaum passte gut zu ihr, er fand sie war auch saftig wie eine Kirsche und zum Anbeißen schön.
Einen Fußball, dem man das Alter ansah war eines unserer wenigen Spielzeuge. Je schärfer ich schoss, desto mehr fürchtete Benni einen Fehlschuss.

Benni fürchtete: "Bloß nirgends in die Scheibe hauen", die denken wir sind Nazis.
"So ein Quatsch".

Während ich den Ball umklammerte, versuchte ich aus Benni herauszubekommen,
"was die da oben für geheimnisvolle Sachen reden".
"Ich glaub meine Eltern wandern aus in die Schweiz. Eigentlich nehmen die niemanden. Aber Vater hat 'n Haufen Kohle, und mit Kohle geht alles."
"Und meine Mutter will nach USA".

"Jaques, da würde ich am liebsten mitkommen."

"Von wegen, ich glaub die will sich mit ihrem Liebhaber diesem Paul Miron absetzen."
Benni erstaunt: "Was sagt dein Vater denn dazu?"
"Der kapiert mal wieder nix."
"Wieso? Kapiert er nix!"
"Wir üben die ganze Zeit über eine Arie aus Carmen, weißt du, diesen Ohrwurm, wo die Micaela den Leutnant bittet, sich um die kranke Mutter zu kümmern,"
"ja und? - Weiß ich doch. Und du singst immer die Sopranstimme der Michaela."
"Richtig, aber das mein ich nicht!"
"Ja was denn! - Mach's doch nicht so spannend."
"Sie erzählt die ganze Zeit von diesem Pianisten, mit dem sie ein Konzert in USA plant. Aber Vater hört nicht hin."
"Und?"
"Er hört die Zwischentöne nicht! Weißt du! Das "Fis" und das "Es" hört er nicht. - Aber als nächstes gehen wir erstmal nach Frankreich. Vater hat ein Engagement in Evian-les-Bains."
"Kenn ich nicht - ich kenn nur Paris."
Benni stößt den Fußball mit seinen Händen am Boden auf und ab. Will weiterspielen. Als es schummrig wurde, kamen Mutter und Vater und schauten uns eine Weile zu. Auf dem Heimweg redeten beide kein Wort miteinander.

Am nächsten Tag hörte ich schon früh die Haustür zuklappen. Während Vater unterwegs war, übten Mutter und ich das Duett aus Carmen allein.

„Je dis que rien ne m'empouvante…" mit heller Knabenstimme begleite ich meine Mutter zur Arie der Micaela aus Carmen und warte, dass Vater seinen Part singt. Es klingelte. Vater stand vor der Tür.
„Hast du uns vergessen?" Vater erklärte, es tut ihm leid heute seine Arie nicht üben zu können.
„Übt ihr beiden allein weiter."
„Ja, für wen üben wir denn?" „Du sollst nächste Woche vorsingen", nötigte Mutter ihn.
„Ich weiß, Mama spielt sich ein, du singst die ‚Micaela' und der ‚Leutnant' ist morgen perfekt. Ich verspreche es euch."

Vaters eiliger Rückzug galt wie so oft in letzter Zeit seinem Freund Aron, der nicht alle Bankobligationen sofort verflüssigen konnte. Er benötigte etwas Zeit, um sein Vermögen in 'cash Money' umzuwandeln. Deshalb hatte sich Vaters kleines Vermögen auf viele kleine Scheine verteilt, denen es wiederum galt, sie sicher und unauffällig zu verpacken. Was bot sich da besser an, als der dicke Band von Vaters geliebtem 'Spinoza'. Dafür interessierte sich niemand. Und niemand würde den Wälzer klauen wollen.

Der eh' schon zerfledderte Buch Band von ‚Spinoza‘ musste also herhalten, damit sich die großen alten Lappen von Geldscheinen gut verpacken ließen, während stattdessen unzählige intelligente Seiten dran glauben mussten. Sein ganzes kleines Restvermögen versteckte sich in den Zwischenräumen vom Spinoza. So gab es noch zehn Seiten. Die wichtigsten zehn Seiten, die Vater unbedingt behalten wollte.

Der Verfolgungsdruck nahm täglich mit Geschwindigkeit zu und man konnte nur noch handeln. Einfach nur der Intuition folgen. Das war sein Motto und dabei verlor er Mama ganz aus den Augen, die jeden Schritt genau durchdachte, bevor sie entscheidende Veränderungen umsetzte.

Ihre täglichen Proben bei **‚Paul Miron‘** fanden von Tag zu Tag länger statt und beim Abendessen war sie fast ins Schwärmen geraten, wenn sie über seine Virtuosität als Pianist sprach.

„Er wird irgendwann ein Konzert in Amerika und Kuba geben.“

„Schön,“ das war alles was Vater dazu einfiel.

„Ich würde ihn gern begleiten,“ sie wartete auf eine Antwort, ergänzte dann noch,

„ein Konzert für zwei Pianos“

„Wenn das so einfach wäre, wären wir längst schon in den Vereinigten Staaten“

Damit war das Thema vom Tisch. Die Ernsthaftigkeit hatte Vater nicht begriffen. Aber wie sie es sagte und mit welcher Vorsicht, all das bewegte mich emotional, konnte es damals aber noch nicht einordnen.

Bei einem Spaziergang kam es wieder zum Gebrüll. Vater brüllte überhaupt immer, wenn ihm die Argumente ausgingen. Er dozierte nur. Er hörte nie zu.
Diesmal war er wieder gänzlich durchgeknallt. Und erst als er seine Wut ausgepowert hatte, kam er langsam wieder zu sich. Es war auf einem Spaziergang als der Weg eine Biegung machte. Mutter hielt sich wieder die Ohren zu. Nur Ich bemerkte das.

Er brüllte:
"Dieser blöde Paul, der schleicht sich in unser Leben ein mit seinem schrägen Geklimpere! Was bildet der sich eigentlich ein".
Ohrenzuhalten nützte dieses mal nichts, sie hörte trotzdem alles und entgegnete,
"bildet sich gar nichts ein. Ich weiß gar nicht was du immer hast. Er ist Solist und versteht sehr viel von seinem Handwerk."
Jetzt wurde er noch lauter, und das war der Moment, als Mutter stehenblieb und ihn einfach brüllend weitergehen ließ.

"Bin ich vielleicht k e i n Solist?! Wisst ihr überhaupt, was es bedeutet, seine Stimmbänder vor einem gesammelten Publikum ständig unter Kontrolle zu halten, während dieser Klavierklimperer lediglich seine Pfoten über die Tasten hauen lässt, und das in einer Geschwindigkeit, bei der kein Mensch mehr hört, was richtig oder was falsch ist. Der kann ruhig mal danebengreifen. . . "

Ich sah Mutter, wie sie mit zugehaltenen Ohren stehen blieb. Je weiter er sich entfernte, desto leiser wurden seine Flüche für sie. Eine Biegung der Straße ließ ihn schließlich auch visuell verschwinden.

Ich saß gerade im Gebüsch und als ich meine Hose zuknöpfte, mich dabei umdrehte, war Mutter auch aus meinem Blickfeld verschwunden.

„Wie lange brauchst du denn noch?!" rief Vater mir hinterher.

„Sie ist weg!" Antwortete ich verzweifelt.

Das war meine letzte Erinnerung an meine Mutter. Sie blieb einfach stehen. Damit hatte sie sich für immer grußlos von uns verabschiedet. Lange Zeit dachte ich darüber nach, ob sie wohl mit Paul dem Pianisten nach Amerika oder Kuba ausgewandert ist. Und wenn, warum hatte Mutter mich nicht mitgenommen? Diese Frage blieb für mich lebenslag offen. Oder war sie in Deutschland geblieben und nur kurzzeitig zu Paul gezogen? Am liebsten wäre ich losgezogen um Mutter zu suchen. Irgendwo würde ich sie finden, dachte ich. Aber Fakt war es, Vater und ich verließen Deutschland ohne Mutter und zogen nach 'Evian-les-Bains'. Wir mussten weg. Der Druck in Deutschland war zu groß. Überall wurden wir gemieden.

Es blieb mir nicht viel Zeit über Mutters verschwinden nachzudenken.

Vaters Engagement am Genfer See in Evian-les-Bains begann in Kürze. Wir saßen auf gepackten Koffern. Benni und sein Vater Aron der Gelddrucker, wie wir ihn als Kinder immer nannten verabschiedeten uns.

"In Frankreich ist es sicherer als in Deutschland", meinte Aron

"wohin?" Will **Benni** wissen,

"nach Evian-les-Bains habe ich dir doch schon erzählt."

"sein Vater hat einen Auftritt im besten Hotel am Platz"

"da steigt nur Prominenz ab", fügte Vater hinzu.

Es war ein Glück, dass wir aus Deutschland noch rausgekommen sind. Frankreich schien im Jahre 1938 noch relativ sicher. Dass wir nur noch zu zweit waren, konnte er nie verwinden. Wir waren auf der Flucht. Nur noch zu zweit. Vaters Emotionen wechselten täglich. In Wehmut und Selbstmitleid fühlte er sich als armes alleingelassenes Opfer, dann war er wieder voller Wut darüber, dass es jemand wagen konnte, ihn mit seiner Brut einfach allein zu lassen.

In Gedanken war er solange bei Mutter, bis er eines Tages Golda erblickte. Von da an blieb er nur noch Golda auf den Fersen. Einmal hat er sie tatsächlich erwischt. Meine Phantasie als damals fast dreizehnjähriger ging förmlich mit mir durch. Ein Bild von ihr aus jungen Jahren, die damals noch 'Meierson' hieß, hängt heute noch an der Wand im Flur. Ihr Foto trug er überall mit hin. Damals auf Reisen nahm Vater es nie mehr aus seiner Tasche.

Seit April 1938 wurden alle Juden in Deutschland gezwungen, ihr Vermögen anzumelden. Das kleine angesparte Vermögen schien in Gefahr. Waren wir in Frankreich am Genfer See wirklich sicher? Am besten wäre USA gewesen, und Vater hatte von 'Albert Einstein' gehört. Er wusste, dass Einstein in USA eine Stiftung für Immigranten errichtet hatte. Palästina war noch im Gespräch, kam für meinen alten Herrn aber nicht infrage. Er wollte in die USA. Er dachte, der deutsche

Physiker „**Albert Einstein**" wird einem deutschen Sänger sicher helfen, eine Einreise zu ermöglichen. Er hatte schon so vielen zur Einreise verholfen. Dass ihm in seinem Einreisebüro für seine Glaubensbrüder irgendwann die Mittel ausgehen würden, damit hatte keiner gerechnet.

Der Flüchtlingsstrom war einfach zu groß geworden. Alle, die halbwegs einen kleinen Etat zur Verfügung hatten und die politischen Strömungen mitverfolgten, planten einen Wegzug aus Deutschland und schließlich aus Europa.

Wir zogen herum wie die Vagabunden. Waren ständig auf der Flucht. Frankreich erwies sich innerhalb kurzer Zeit auch als unsicher. Dennoch dieses 'Evian-les-Bains' in Frankreich lag richtig schön am Genfer See. Und diesen Luxus Schuppen in dem Vater auftrat gibt es heute noch.

Vaters Auftritte waren für die Zeit des **'Evian Comités'** geplant. Hier sollten Entscheidungen fallen zum Thema: Wohin mit den unerwünschten Juden. Ein Präsident **Roosevelt** hatte dieses Comité einberufen. 32 Staaten sollten hier entscheiden, in welche Länder diese Menschen geschickt werden sollten. Interessant war es, dass er selbst gar nicht erschien und stattdessen einen 'Myron Taylor' schickte. Und die Vertreter der anderen zahlreichen Staaten hatten alle eine andere Ausrede, weshalb sie verfolgte Flüchtlinge nicht bei sich gebrauchen konnten. Es wurde viel gequasselt und es passierte so gut wie nichts.

An einem anderen Tag versank der Genfer See förmlich unter tiefem Nebel. 'Evian-les-Bains' war nur mit Fantasie erkennbar. Vater war mit seinem Fahrrad zur Bäckerei - Boulangerie - unterwegs. Er hatte gerade Semmeln für unser Frühstück geholt, als er sie von hinten auf der Straße laufen sah. Sie trug eine pfirsichfarbene Bluse zu einem engen Rock, der ihre schlanken Fesseln betonte. Um ihren Hals hatte sie ein Seidentuch mit einem kunstvollen Knoten seitlich gebunden. Seidig glänzende Haare fielen in großen Wellen geschmeidig auf ihre Schultern, und im ersten Moment dachte Vater, da vorn geht **Rita Hayworth**. Er hatte gerade den Film *'Charly Chan in Egypt'* gesehen, in dem Rita Hayworth die Hauptrolle spielte. Die muss ich vom Dichten sehen, ging ihm durch den Kopf. Aber es fuhr sich so schwer mit dem Herrenfahrrad mit Mittelschiene auf dem Kopfsteinpflaster. Links am Lenker baumelte die Tasche mit fünf frischen Semmeln. Er hielt sie fest zwischen Faust und Lenkrad und versuchte sein rechtes Bein über den Sattel zu schwingen, was erst beim zweiten Anlauf gelang. Langsam eierte er über das Kopfsteinpflaster und näherte sich seinem Phantombild. Je näher er seinem Phantombild kam, desto weniger konzentrierte er sich auf das Kopfsteinpflaster. Fast auf gleicher Höhe fing der Lenker des Fahrrads an zu zicken. Beim Versuch nach links gegenzulenken, verselbstständigte sich der Lenker. Es haute ihn nach rechts gegen die Erhöhung des Fußwegs und warf ihn ab wie ein Gaul seinen Reiter. Vater fluchte mit sich selbst und dem Rest der Welt. Seine Semmeln sucht er zusammen, verstaute je zwei in der rechten und zwei in der linken Hosentasche, die fünfte reinigte er, begutachtete sie von allen Seiten und biss hinein. Sein Lenkrad war schief. Mit der Semmel im Mund, den Vorderreifen zwischen die Beine geklemmt richtete er sein Lenkrad gerade und fuhr weiter. Rita Hayworth war weg.

Vater hatte die nasale Stimmlage für einen erkrankten Sänger aus den 'Comedian Harmonists', genau gesagt kopierten sie die 'Comedian Harmonists' übernommen. Vaters Repertoire war so vielfältig, dass er die meisten Stücke sofort abrufen konnte und ich saß oft stundenlang einsam malend an einem Ecktisch des **Wiener Cafés im Hotel Royal** und beobachtete durch meine Ponymähne die ankommenden Gäste, die nach dem Kongress des 'Evian Comités zu einem entspannenden Drink eintrafen.

Langweilig. Fast nur hässliche alte Männer in steifen Klamotten betraten das Wiener Café. Unter ihnen fiel eine zierliche dunkelhaarige Frau deutlich auf.

Geschätzte Mitte bis Ende dreißig war sie wohl, so wie Vater. Vater trällerte mit den anderen Sängern gerade 'Ein Freund, ein guter Freund'. Sie sangen heute nur zu viert, weil ein Sänger verschnupft war. Vaters Laune hatte sich wieder gebessert. In seiner Rolle als Sänger war Vater eigentlich in seinem Element. Aber diese dunkelhaarige Frau verunsicherte sein übliches Machogehabe.

Da war sie wieder. Wieder sah er sie nur von hinten, dann seitlich. Jetzt sah er sie genauer, es war nicht Rita Hayworth. Dabei hätte diese Filmschauspielerin doch so gut in dieses Nobelhotel gepasst. Vater behielt sie im Auge, was sie wohl gemerkt hatte. Sie wandte ihren Blick den Sängern zu, wobei sich ihre Zuwendung auf Vater konzentrierte. Er fiel auf durch seine Größe, mit der er die anderen zwei überragte und wenn er wollte, hatte er eine sympathische Ausstrahlung. Sie sah ihn mit ihren bezaubernden braunen Augen an, die beim genauen Hinsehen ein grünliches Glitzern hatten. Er fühlte sich verlegen und richtete seinen Blick nach unten. Das war ein Zug an ihm, der nur sehr selten zum Vorschein kam. Sicher wohnt sie hier in diesem noblen Quartier, geht seine Phantasie mit ihm durch, heute Abend, sollte ich sie erblicken, werde ich sie nach ihrem Namen fragen. Trau ich mich überhaupt sie anzusprechen? Muss ich einfach. Was rede ich mit ihr? Wo sie herkommt? Was sie hier macht? Französin? Urlauberin? Vielleicht werde ich nur erzählen. Erzählen, dass ich allein hier bin mit meinem pubertären Sohn. Ich werde ihr erzählen, dass unsere Mutter uns verlassen hat. Oder werde ich sie lieber was fragen? Ich werde sie fragen, ob sie mit mir durch den schönen Park spazieren geht. Sie sieht aus wie Mitte dreißig. Alter fragt man nicht.

"Hast du deinen Text vergessen?", stößt der Sänger ihn an. "Wir singen heute nur zu viert. Da ist es wichtig, dass jeder mitsingt." Er sang weiter. Danach war Pause. Mithilfe seiner Atemübungen, die er als Sänger beherrschte, mandelte er sich auf.

Aus der Gegenwart betrachtet war sie nur als eine alte Ministerin aus Israel bekannt. Aber diese Golda rauchte nicht nur harten Tabak, nein sie saß da und übertönte die Männer mit ihrer rauchigen Stimme.

Das ‚Comité d'Evian' bot noch insgesamt zehn Tage lang ein bizarres Feuerwerk an Verhandlungen. Diese Zeit musste er nutzen, um an sie ranzukommen.

Hotel Royal

Eine kleine Pause nach dem musikalischen Beitrag nutze Vater, um sich an der Stirnseite des langen Tisches neben sie zu quetschen. Sie applaudierte besonders ihm, wozu sie ihre Zigarettenspitze ablegen musste und bot ihm eine von ihrer Schachtel 'LUCKY STRIKE' an. Zu gerne hätte er zugegriffen, aber seine Nasalstimme erlaubte das nicht. Dafür schaute er umso tiefer in sein Glas hinein.

Zunehmend ungehemmter biss sich sein Blick an den stoffüberzogenen kleinen Knöpfen ihrer hellen Bluse fest. Irgendwann waren alle Leute, die an dem Tisch saßen verschwunden. Vater auch.

Die Männer sangen ohne Vater weiter.

Ich stellte mir vor, wie er ihr auf's Hotelzimmer folgte, um sich an sie heranzumachen. Wie er in seinem Suff alle Knöpfe des Kissenbezugs öffnete im besten Glauben es handele sich um die vielen kleinen Knöpfe ihrer hellen Seidenbluse. Gewartet hatte ich im Flur als sich eine Zimmertür öffnete. Vor der Zimmertür stand Vater und hielt seine Schuhe in der Hand. Aus dem Hinterhalt war die Stimme von Golda zu hören:
"Wir reden weiter, wenn Sie nüchtern sind, morgen ist auch noch ein Tag, dann sprechen wir über die Karibikinsel, die gerade Thema im Kongress ist." Danach klappte die die Tür zu.

Meine Frage, "warum trägst du deine Schuhe in der Hand?" beantwortete Vater mir nicht.
Der Portier guckte uns eine Weile fragend nach, als Vater das Hotel in diesem schön angelegten Park mit Blick auf den Genfer See auf Strümpfen verließ.
Ursprünglich nannte sich die Versammlung, die dort stattfand im Jahre 1938 „Evian Comité". Hier wollten die 32 Mitglieder sich zusammensetzten um unsere Glaubensbrüder weltweit aufzuteilen. Genau gesagt, aus Deutschland loszuwerden. Dafür hatten sie sich einen zauberhaften Platz am Genfer See in diesem Evian-les-Bains ausgewählt. Das Hotel Royal, einen Super Luxus Schuppen der schon damals traumhaft gelegen und von sauber angelegten Parkanlagen mit frisierten Bäumen und Blumen umsäumt war. Und dies alles umgeben von Wasser auf der einen Seite und einer

weiten Berglandschaft auf der anderen Seite, die sich bei Sonnenschein im Genfer See widerspiegelte. Und hier wurde jetzt verhandelt, wurden Leute verschachert wie auf einem Viehmarkt nur mit dem Unterschied, dass sie zur Besichtigung nicht anwesend waren, während die zweiunddreißig Vertreter aus den verschiedenen Ländern über sie bestimmten, wer sie aufnimmt und wer nicht. Die heuchlerische Zusammenkunft war bedrückend und diese zierliche Golda inmitten dieser Männerdomäne hätte sich zu gerne erhoben um ihrem Herzen Luft zu machen und denen ihre Meinung zu sagen;

"Dazusitzen, in diesem wunderbaren Saal, zuzuhören, wie die Vertreter von 32 Staaten nacheinander aufstanden und erklärten, wie furchtbar gern sie eine größere Zahl Flüchtlinge aufnehmen würden und wie schrecklich leid es ihnen tue, dass sie das leider nicht tun könnten, war eine erschütternde Erfahrung. Ich hatte Lust, aufzustehen und sie alle anzuschreien: Wisst ihr denn nicht, dass diese verdammten Zahlen menschliche Wesen sind?"

Aber dann meldete sich ein Vertreter des Diktators Rafael Trujillo zu Wort und Golda wurde hellhörig. Die Dominikanische Republik sei bereit eine Vielzahl von Flüchtlingen bei sich aufzunehmen. Die durch die Amis besetzte Dominikanische Republik eröffnete Trujillo eine große Chance. Die Amis hatten Trujillo in ihre Nationalgarde rekrutiert. Er wurde Brigadegeneral und Chef der Armee der Dominikanischen Republik und stieg vom Leutnant zum General auf. Im Jahre 1938 wurde er vom amerikanischen Präsidenten Roosevelt ins „Weiße Haus" eingeladen mit dem Ziel eine große Zahl der deutschen Flüchtlinge bei sich aufzunehmen. Roosevelt, der seine Wahl gewinnen wollte, konnte keine Einwanderer gebrauchen, die seinen Leuten die Arbeit wegnehmen würden. Aber der dominikanische Diktator Trujillo, der ein Jahr zuvor über zwanzig tausend Haitianer ermorden ließ erklärte sich postwendend bereit zur Aufnahme. Die ethnische Säuberung wurde ihm schnell verziehen. Deshalb schickte Roosevelt den Diktator zum Evian Comité.

War es abzusehen, dass die anderen Staaten genauso wenig Lust zur Aufnahme hatten? Die Vertreter der einzelnen Staaten gebärdeten sich jedenfalls derart herablassend gegen eine Aufnahme von Flüchtlingen aus Deutschland, dass man sich fragen musste, weshalb sie überhaupt zu dieser Konferenz an den Genfer See gekommen sind. Liebäugelten sie vielleicht mit ein paar schönen Urlaubstagen an diesem zauberhaften Plätzchen? In diesem Luxus umgeben von sprießender Vegetation der frisierten Sträucher und Bäume fühlten die Menschen sich wohl. Hinzu kam das Abendprogramm, das Vater mitgestaltete, sofern er nicht gerade Golda auf den Fersen war.

Ausgerechnet der dominikanische Trujillo zeigte an den weißhäutigen deutschen Flüchtlingen großes Interesse und gab seine Bereitschaft zur Aufnahme kund. In diesem Zusammenhang hatte Golda es wohl verstanden, zwei Überseepassagen für Vater und mich locker zu machen.

Golda sprach sehr viel mit Vater über die Zusammenkünfte der Vertreter der unterschiedlichen Staaten. Jedes Mal erregte sie sich aufs Neue und wenn ich sie so schimpfen sah, dachte ich, diese Frau passt von ihrem Temperament her eigentlich am besten zu Vater. Natürlich ergaben sich innerhalb der nächsten Tage noch mehr Möglichkeiten, dieser attraktiven dunkelhaarigen Frau Avancen zu machen. Interessant war es, dass sich ab diesem Zeitpunkt das Verhältnis zwischen Vater und mir veränderte. Es war, als veränderte sich meine Rolle als sein Sohn zu der Rolle eines guten Freundes, dem er sein Herz ausschütten konnte. Ich bekräftigte ihn natürlich darin, dass seine Chancen bei Golda sehr gut stünden. Wir sprachen schon von seiner neuen Errungenschaft, als hätte er sie bereits erobert. Diese Rolle gefiel mir. Wir verstanden uns von Tag zu Tag besser, insbesondere dann, wenn ich ihn in seiner Rolle als Macho bekräftigte.

Am folgenden Abend war sie wieder da. Sie saß am selben Platz, als hätte sie ihn schon erwartet.

"Diesmal nüchtern", bläute ich ihm ein.

Tatsächlich hatte er es geschafft, mit ihr ein Date zu verabreden. Am nächsten Nachmittag hatte er sich sorgfältig seinen Bart rasiert, seinen Oberlippenbart frisiert und sogar seine Zähne geputzt. Lange überlegte er, was er anziehen sollte, dabei gab es kaum Auswahl.

Er stand schon eine halbe Stunde vor dem Hotel, trat von einem Fuß auf den anderen, schaute auf die Uhr. Seine Lippen bewegten sich: "Weiber"

Plötzlich stand sie neben ihm. Sie kam aus der anderen Richtung. Seine Stimmung wandelte sich in leicht verklemmte Heiterkeit.

"Jacob Blumental" stellte er sich förmlich vor.

"ich hatte mich noch gar nicht vorgestellt, ich weiß gar nicht mehr, was wir geredet hatten"

 "schöner Name", überging sie lächelnd seine Förmlichkeit. Vater war leicht durcheinander zu bringen und völlig aus der Übung im Umgang mit attraktiven Frauen. Aus diesem Grund hatte er vor Kurzem auch zu tief ins Glas geguckt. Lange war er nicht mehr so angetrunken gewesen wie neulich, als er sich zu ihr an den Tisch drängelte und beide kurze Zeit drauf die Unterhaltung in ihrem Hotelzimmer fortsetzen wollten, weil es im Wiener Café so laut war. Jemand, der ihn nicht kannte, merkte ihm seinen Alkoholpegel nicht sofort an. Kaum aber hatte er ihr Hotelzimmer betreten, begann er zu stottern und nur noch wirres Zeug zu lallen. Als er sich auf ihr Bett platzierte und begann, seine Schuhe auszuziehen, hatte Golda ihn kurzerhand vor die Tür gesetzt, wo ich auf ihn wartete. Er trug seine Schuhe in der Hand. Er zog sie erst wieder an, nachdem ich ihn im Park darauf aufmerksam machte, dass er zwei verschieden farbige Socken trug.

"Wir hatten kaum reden können, well es im Wiener Café so laut war,"

"Und dann ...?" warf er ein,

"war nichts. - Ihr Name gefällt mir. Bei Blumental denke ich an eine buntbewachsene Blumenwiese, die sich im Tal am Rande eines Bachs ausbreitet."

"Schön interpretiert".

"Als Journalistin muss ich die Dinge farbenfroh beschreiben können."

"Ich heiß Golda", mehr hatte sie ihm nicht verraten.

Ihr lockeres Auftreten verzauberte ihn gänzlich. Jetzt traute er sich mehr zu fragen.

"Woher kommen Sie?"

"Bin Amerikanerin. Meine Familie nannte mich übrigens 'Goldi'".

"Goldi" sein Gesicht wurde immer breiter, seine weiß geputzten Zähne blitzten hervor und er wiederholte

"Goldi, das gefällt mir" machte eine Pause, dann platzte er es raus: "Amerika! - Das ist mein Traum."
"Ich bin Amerikanerin, lebe aber schon lange in Palästina."
Vaters Erstaunen darüber, wieso eine Amerikanerin in Palästina leben konnte war so groß, dass er gar nicht wusste, was er darauf sagen sollte.
"Und sie haben sich abgesetzt aus Deutschland", fuhr sie fort.
"Richtig. Frankreich scheint zunächst sicherer. Aber es ist mein größtes Ziel, nach Amerika zu kommen. Albert Einstein hat dort ein Einwanderungsbüro. Hab schon mal einen Brief an ihn geschrieben. Ist wohl nicht angekommen."
"Momentan hat sich die Situation in Deutschland sehr verhärtet" fügte er noch hinzu.
Sie wechselte das Thema,
"da saß ein Knabe hinten am Ecktisch, er sah aus als gehöre er zu Ihnen?"
Erstaunt über ihre Aufmerksamkeit blickt er sie von der Seite an.
"Er sieht Ihnen ähnlich".
"Er wird mal gut aussehen", meinte er stolz.
"Warten Sie jetzt auf ein Kompliment von mir."
"Natürlich nicht. Komplimente machen nur die Herren."
Die beste Möglichkeit, ihr jetzt ein Kompliment zu machen, war wohl verpasst. Sie blickt zum Himmel,

"es sieht aus, als fange es an zu tröpfeln. - Wir verabschieden uns hier. Singen Sie heute Abend wieder?"

Mit seinen fragmentarischen Französischkenntnissen machte Vater sich fachkundig über das tägliche Geschehen des Kongresses der sich 'Evian-Comité' nannte. Sie, diese Golda wurde von Präsident Roosevelt persönlich als Journalistin zu diesem Kongress einberufen. Schließlich wollte er nicht als Banause vor Goldi, wie er sie ab sofort nannte dastehen. Mit Betroffenheit hatte er sich durch einen kompliziert verfassten Artikel der 'PARIS MATCH' regelrecht durchgefressen. Es wurde immer deutlicher, wie sich die Situation der Verfolgten verschärfte.

Am nächsten Morgen radelte Vater erst spät los. Wir hatten am Abend zuvor noch stundenlang über Goldi und wie er sich ihr annähern könnte gesprochen. Unser Frühstücksbeutel hing wieder an seinem Lenkrad. Er fuhr die Avenue d'Evian-les-Bains entlang, bog links in die Avenue du Léman am 'salon de coiffure' vorbei, bremste ab und drehte um. Durchs Fenster konnte er beobachten, wie gerade viele Lockenwickler aus langen dunklen Haaren herausgewickelt wurden, die die einzelnen Strähnen wie Korkenzieher nach unten springen ließen. Goldie stand auf und bezahlte.
"Haben Sie mich abgepasst?" Wollte sie von Vater wissen. Er rechtfertigte sich, zeigte den

Frühstücksbeutel und lud sie ein zu einem späten Frühstück zu uns zu kommen. In dem Moment hatte er wohl ganz vergessen, in was für einem Verließ wir hausten. Eine Toilette gab es nur im Zwischengeschoss. In der Badewanne zeichnete sich eine braune Spur entlang des tröpfelnden Wasserhahns bis zum Abfluss ab.

Inzwischen hatte Vater sein Fahrrad im Griff. Aufpassen hieß jetzt die Devise. Goldi saß auf der mittleren Fahrradstange und sein Blick richtete sich auf die duftig wehenden Korkenzieherlocken, die er Tage zuvor schon aus der Ferne von hinten erblickte, als seine Phantasie mit ihm durchging, weil er sie für eine Rita Hayworth hielt. Diesmal jedoch warf sein Fahrrad ihn nicht ab, wie ein Gaul seinen Reiter. Und diesmal hatte er sein Fahrrad sogar mit Goldi auf der mittleren Stange sitzend im Griff, bis er mit ihr zuhause in unserem Verließ eintraf.

Während Vater den Kaffee servierte erzählte Goldi mir von ihrem Sohn Menachem, der zwei Jahre älter war als ich, aber einen Kopf kleiner. Sie erzählte von ihrer Tochter Sarah und ihrem Ehemann mit dem sie sich leider auseinandergelebt hatte, der aber für die Kinder da ist. Es war die Musikalität ihrer Familie, die uns dreien für ausreichend Gesprächsstoff sorgte. Goldi und Vater hatten einen Draht zueinander gefunden. Vater war völlig verändert, so galant kannte ich ihn gar nicht. Vor allem so höflich und aufmerksam. Er befand sich in der absoluten Werbungsphase und gebärdete sich wie ein balzender Auerhahn.

"Mein Sohn spielt Cello," und sie fragte mich,
"was für ein Instrument spielst du?"
"Ein bisschen Klavier, aber ich singe. - Gemeinsam mit Vater."
Ich begann von Mutter zu erzählen, dass sie uns immer am Klavier begleitet hatte und ich die Sopranstimmen in den Opernarien übernommen hatte, wenn Vater für eine Aufführung den Tenor geübt hatte. An Vaters Gesichtszügen, die nur ich sehen konnte, erkannte ich, dass es ihm überhaupt nicht gefiel, wenn ich von Mutter sprach und schon gar nicht, wenn ich erwähnte, wie talentiert sie war.
"Am liebsten mochte Mutter die Arie der 'Micaela' aus Carmen. Vater sang den Tenor und ich die Sopranstimme der Micaela."
"Ich liebe diese Arie" warf Goldi ein, "wie heißt die noch gleich," schnipste sie mit den Fingern,
"Je dis que rien ne m'epuvante" wusste Vater aus dem Stehgreif und begann sie zu summen ... bis wir alle drei die Melodie mitsummten.

Das Eis war gebrochen. Der heutige Abend war gerettet. Und ein anderes Mal durfte Vater sie dann wieder auf ihr Hotelzimmer begleiten. Und allabendlich, wenn er wieder zuhause war berichtete er ausführlich über sein Liebesleben; und während sich mein Pimmel zum Himmel streckte sagte er nur, 'das ist so in der Pubertät' und meinte, da hilft nur 'Hand anlegen'. Aber so viel wusste ich bis dahin auch schon. Goldis Tochter **Sarah** wäre mir in diesen Momenten lieber gewesen. Aber die war zuhause in Palästina.

Am nächsten Tag erhielt ich endlich einen Brief von Benni, der immer mit denselben Sätzen anfing:

'Lieber Jaques,
wie geht es Dir. Mir geht es gut. Aber ich habe viel lange Weile, seitdem Du nicht mehr hier bist. Es gibt hier niemanden mehr, der nach der Schule zu mir kommen kann. Sie haben alle was Anderes vor und sind angeblich schon verabredet. In der Schule sitze ich auch ganz alleine. Nur diese doofe Elfriede ist noch freundlich zu mir. Schade nur, dass sie so doof aussieht. Wenn sie nicht so doof aussehen würde, wäre sie ja ganz nett. Meine Eltern planen auch irgendwas. Sie tuscheln viel. Ich glaub sie wollen auch auswandern.
Viele Grüße von
Deinem Freund Benni

P.S. Deine Mutter hat uns besucht. Sie will Dir auch noch was sagen.

Mein lieber Jaques,
ich denke jeden Tag an Dich. Ich werde Dich eines Tages zu mir holen, sobald ich eine sichere Basis für uns geschaffen habe. Du weißt Paul Miron plant ein Gastspiel in Amerika und ich werde ihn begleiten. Obwohl er eine Einladung für ein Gastspiel hat, ist es so

gut wie unmöglich ein Visum zu erhalten. Alles ist so widersprüchlich. Mein lieber Jaques, ich umarme Dich ganz fest. Ein lieber Gruß, Deine Mutter'

Ich hatte den Brief gut zusammengefaltet. Vater war natürlich wieder furchtbar neugierig, was drinstand.
"Nicht für dich" sagte ich nur, aber er hatte schon gesehen, dass unter P.S. eine Notiz vom Mutter stand.
"Geht draus hervor, wo sie ist?"
"Bei Benni natürlich, sonst hätte sie seinem Brief ja nichts hinzufügen können."
"Richtig! - Und - hat sie schon ein Visum?"
"Für Amerika meinst du?"
"Ja wohl kaum für den Kongo."
"Sie warten noch auf ein Visum. Ich glaub das ist sehr schwer zu bekommen."
"Das heißt, sie will immer noch mit diesem Klavierklimperer nach Amerika. - Da kann sie lange warten."
"Ich denk du willst auch nach Amerika."
Er ging in sich. Schnaufte tief durch und nahm mich in den Arm.
"Wir müssen da jetzt irgendwie durch. Immerhin sind wir schon mal in Frankreich, das ist besser als in Deutschland."
"Das stimmt. Benni sagt, dass sich niemand mehr mit ihm verabredet. In der Schule sitzt er ganz allein."
"Oh, da fällt mir ein, ich muss dich auch in der Schule anmelden, sobald die Ferien vorbei sind."

"Sag mal, diese Golda oder Goldi, wie du sagst, warum sind ihre Kinder nicht dabei. Ist sie auch abgehauen, so wie Mutter?"
"Abgehauen ist sie sicher nicht. Sie ist ja beruflich hier. Sie wurde einberufen zu dieser Konferenz hier - Von Roosevelt persönlich."
"Von welchem Roosevelt?"
"Das ist der Präsident der Vereinigten Staaten. Du hast wirklich lange in der Schule gefehlt mein Lieber."
"Aber sie hat gesagt, sie kommt aus Tel Aviv und da wohnen auch ihre Kinder."
"Das ist eine lange Geschichte."

Am selben Abend verschwand Vater gleich nach der Vorstellung zu Golda auf ihr Zimmer.
Sie war ziemlich geladen.
"Ich wurde zu einer internationalen Konferenz für Flüchtlingsfragen entsandt, die von Franklin D. Roosevelt nach Evian-les-Bains einberufen worden war."
Diesmal lümmelte Vater bequem auf ihrem Bett und hörte ihren Ausbrüchen aufmerksam zu.
"Ich nehme daran teil in der lachhaften Eigenschaft als 'jüdische Botschafterin aus Palästina und sitze noch nicht einmal bei den Delegierten, sondern bei den Zuhörern, obwohl die Flüchtlinge, über die diskutiert wird, meine eigenen Landsleute sind!"
Vaters Betroffenheit ist deutlich. Er rückte sich zurecht und nahm mehr Haltung an. Außer einem

"Ich auch, ich meine ich bin auch auf der Flucht," wusste er vor Entsetzen nicht so viel zu sagen, als auf seine mitgebrachte Flasche Cognac zu zeigen:
"Ich glaub, das würde dir jetzt guttun".
"Ich trink keinen Schnaps".
Sie holte eine Zigarette aus ihrer 'LUCKY STRIKE' Packung, zündete sie an, diesmal ohne Zigarettenspitze. Das Gefummel mit einer Zigarettenspitze dauerte ihr viel zu lang.
"Das ist ein REMY MARTIN der beste Cognac in Frankreich", er hielt ihr das Glas unter die Nase und sie erkannte, dass es wirklich kein Schnaps war.
"Du kennst nur Schlitz Bier aus Amerika."

Langsam hatte Golda sich beruhigt. Der Cognac tat ihr gut. Sie legte sich neben Vater. Ihre Gesichtszüge hatten sich entspannt.
Sie breitete ihre Arme aus und schien in diesem Moment ausgeglichen. Langsam neigte sie sich zu ihm,
"du bist so zugeknöpft". Vater konnte es gar nicht glauben, aber sie fuhr ihm so behutsam mit den Fingerspitzen über seine behaarte Brust, dass er einfach nur dalag und seine Augen geschlossen hielt.
Er ließ mit sich geschehen, als er ihren rauchigen Atem verspürte und ehe er wahrnahm was passierte ging alles wie von selbst.
Ihr warmer Körper umhüllte den seinen und ohne jede Vorbereitung fingerte sie ihn in sich hinein. Vater hatte eine lange Zeit der Enthaltsamkeit hinter sich. Allein die

Berührung führte dazu, dass alles schon zu Ende war, bevor es begonnen hatte.
'Nicht zu viel vom REMY', sagte ihm seine innere Stimme. 'nur bei entsprechender Nüchternheit, bäumt er sich schnell wieder auf'.

5 Überseepassage 1938

Oft erzählte Vater noch von Golda und bekam dabei ganz glänzende Augen. Er erzählte mir, dass sie als 'National Secretary' für die Pioneer Woman in den Vereinigten Staaten unterwegs war. Sie hatte einen Posten bei der 'Histratut' und war zuständig für die 'Übertragung sozialistischer Prinzipien' in das tägliche Leben.

Mit unserer Passage wurden wir von einem Diktator zum anderen Diktator verschachert. In erster Linie waren Männer willkommen. Ich war groß geraten, in der Pubertät und musste wie ein junger Erwachsener wirken, was mir gut gefiel, denn Kinder wollten sie dort auch nicht haben. Wenngleich Vater ein anderes Ziel hatte, stand fest, dieser „Trujillo" machte ein Angebot und so kamen wir auf diese Karibikinsel.

Die Überseepassage war an die Bedingung geknüpft, dass Vater in der ersten Klasse singen musste. Scheußliche Lieder von **Zarah Leander**. So tief habe ich seine Stimme früher nie erlebt. Er hasste das Timbre mit dem er „Ich weiß es wird einmal ein Wunder geschehn" imitieren musste und war froh, als die ganze Veranstaltung abgesagt werden musste wegen Orkanstärke auf dem Atlantik.

Die Passagiere der ersten und zweiten Klasse sind beim Einschiffen. Die Schlange wird kürzer. Ich hinkte ungeduldig von einem Bein auf das andere während mein Vater die Tickets zusammensucht. Ein Windstoß wehte Vater den Hut vom Kopf. Ich (Jaques) rannte hinterher, bekam ihn kurz bevor er ins Wasser wehen wollte zufassen.

Mit lautem Tuten und Ruß aus den Schornsteinen legt das Schiff ab. Die letzten Seile werden abgewickelt. Vater und Sohn sind vom Pier aus an der Reling zu sehen. Es schien, als würden ihre Gesichter immer länger werden.

Vom weiten ist ein aus der Ziehharmonika abgequetschtes „Muss i denn muss i denn zum Städtele hinaus" zu hören.

Abgelegt hatten wir in **Cherbourg** und schon nach kurzer Zeit war die See war so stürmisch, dass überall Seile gespannt wurden. Nachts lag er immer wach. Ich wurde geblendet von seiner Funzel, mit der er las. Immerzu vertiefte er sich in seinen Spinoza. Er war wach und ich musste kotzen. Es war als würde diese Fahrt nie mehr enden, hangelte mich hoch an Deck, aber die frische Luft beruhigte meinen Magen genauso wenig.

Wenn ich meinen Vater so ansah, kam es mir vor als versteckten sich seine Augen direkt neben der Nase dicht beieinander hinter einer runden Brille, die grundsätzlich auf seinen hohen ausgeprägten Nasenhügel rutschte.
Zum Singen nahm er seine Gläser ab, wodurch er ganz passabel erschien, sofern sein Schnurrbart gepflegt war.

Die ewige Verfolgung, die Trennung von Mutter, all das machte ihn mürbe. Vor meinem Stimmbruch habe ich die weiblichen Rollen übernommen, wenn er seine Arien zum Vorsingen probte. Die Arie der 'Michaela' aus Carmen konnten wir besonders gut. Mutter begleitete uns am Flügel. Sie konnte schön spielen. Ich mochte ihre Kaffeehausmusik, wenn ihre Finger in einer rasenden Geschwindigkeit über die Tasten glitten, als bewege sich eine Automatik. Hin und wieder glaubte Vater sie mit seiner alten Fiedel begleiten zu müssen, mit der er dann so entsetzlich da neben griff, dass aus der Harmonie ein grausiges Ohrensausen wurde.
Mutter fehlte uns. Wir wären auch gern nach USA übergesiedelt. Schließlich hatten sich in USA die Berühmten, die Reichen, die Banker, und was nicht noch alles angesiedelt. Selbst Roosevelt war doch einer unserer Glaubensbrüder. Warum der uns nicht aufnehmen wollte machte Vater wütend, dabei war es ein Segen, dass Golda ihm und mir die beiden Visa in die

Dominikanische Republik zum Trujillo besorgt hatte. In unseren deutschen Pässen befand sich noch kein Vermerk mit einem "J", sodass es möglich war, dass Vater die allabendliche Gesangseinlage bekam. Trotzdem glaubte Vater immer noch an ein Visum von der Einwanderungsbehörde am Hafen von New York. Umso schlimmer empfand er es nach der Ablehnung, dass der große **Retter Roosevelt** uns an einen **Trujillo** verhökert hatte. Zu diesem Zweck hatte er die Bananenplantage **Chiquita** von 'FRUIT OF THE LOOM' zu einem Dumpingpreis an Trujillo verkauft, damit die deutschen Einwanderer dort ihre Kibbuz Siedlung starten konnten.

<u>6 Veranda 2016</u>

Wieder im Hier und Jetzt bewege ich meinen alten Körper von der Veranda einige Stufen treppab zur umliegenden Terrasse. Auf das vor uns liegende Meer deutend, mache ich Isabell auf die zauberhafte Umgebung aufmerksam:
"Da drüben, die kleine Bucht, das ist die '**Chiquita Beach**'. Nicht weit entfernt waren die Felder, die wir bestellen mussten. Aber das ist eine andere Geschichte. Viel schlimmer war es, dass sie uns in eine Kibbuz Struktur eingereiht hatten. Dabei handelte es sich um wirtschaftlich unabhängige Menschen die gekommen waren. Da hatte doch niemand Lust auf einen **Kibbuz**. Die Leute sind recht aufmüpfig geworden."
Isabells entspannten Gesichtsausdruck ist anzusehen, wie wohl sie sich in dieser Umgebung fühlt. Ihr einstiges Vorurteil vom 'Ballermann' hatte sich völlig verflüchtigt. Sie pflichtet mir bei:
"Heute könnte ich es hier auch sehr gut aushalten. Ich würde jeden Tag schwimmen gehen, und nachts meine Berichte für die Zeitung schreiben."
"Über was schreiben Sie", will ich wissen, "ich denk sie sind Stewardess?"
"Ich arbeite noch so lange bei der Fliegerei, bis ich eines Tages genügend Geld mit dem Schreiben verdiene. Zum Thema 'Interview' habe ich einen Auftrag von meiner

Tageszeitung mit auf den Weg bekommen. Und hier erhalte ich sehr viel Anregung."

"Zu was für einem Thema?" Will ich will genauer wissen, woraufhin Isabell mich aufklärt:

"Während ich hier sitze und ihnen zuhöre, kommt mir der Gedanke, etwas über einen Zeitzeugen zu berichten. Den Zeitzeugen Jaques, der sich zur richtigen Zeit am richtigen Ort befand."

Oh denke ich: "Welch eine Ehre, aber ich bin nicht allein gekommen, sondern mit meinem Vater."

"Schon klar", gibt Isabell mir zur Antwort.

Der Bordeaux ist halb leer unsere Gläser auch. Aufstehen ist nicht mehr meine Sache. Für kurze Gänge beauftrage ich Harrie.

"Harrie, bring uns mal die Kartoffelsnacks mit Paprika",

"meinst du die Chips?"

"Genau die".

Eines Abends fing er wieder davon an. Vater war ausgeflippt. Mutter konnte sich hineindenken. Sie wusste sofort an welcher Stelle sie einsetzen musste, damit Vater und ich nicht aus dem Takt kamen. Aber dieser Barpianist verstand das wohl anders. Bis Vater dann seinen Spinoza zur Seite legte, seine Hände hinter dem Kopf verschränkte und seine Gedanken fließen ließ: "Warum sie sich mit dem Pianisten nach New York abgesetzt hat," fluchte er jetzt laut vor sich hin.
Aber woher wusste der Alte das eigentlich? Bis er sich irgendwann mal geoutet hatte, weil meine Fragerei ihm auf den Geist ging.
"Woher wusstest du das?"
„Aufgesucht hatte ich ihn," gestand er mir und dabei löste er seine Hände vom Kopf und ballte sie zu Fäusten neben sich, "diesen Klavierspieler! Nach meinem Sturmgeläute als niemand öffnete, ging die Tür von innen auf. Jemand kam raus und ich rein. Hatte oben dann mit beiden Fäusten gegen die Wohnungstür getrommelt."
„Wieder niemand da?"
„Niemand. Aber die Nachbarin. ‚Jetzt lassen Sie's mal gut sein.' Herr Miron ist abgereist. Mit seiner hübschen Braut, fügte sie dann noch hinzu."
„Die hübsche Braut war also Mutter".

„Sind ausgereist ... in die USA, glaube ich".

"Herr Miron hat für sich und seine Braut ein Visum bekommen - oder war es nur ein Engagement? So genau weiß ich das nicht mehr.

Diese Nachbarin von Mutters Liebhaber **Paul Miron** schilderte ihre Beobachtungen so genau, dass ich geglaubt hatte, sie hatte den ganzen Tag hinter ihrer Tür gestanden und gelauscht. "

"Ja genauso ist es damals abgelaufen. Jetzt weißt du alles zu Mutter. Hattest du gedacht, ich habe sie so einfach gehen lassen?"

Es war die Nähe in unserer Schiffskabine, die Vater dazu bewegte, zunehmend mehr von sich selbst kundzugeben.

So hatte er mir damals nach und nach all seine Recherchen verraten, die er unternahm um Mutter aufzulauern.

<u>**7 Überfahrt / Herbststürme 1938**</u>

Auf unserem Schiff gab es sechs Wohndecks, die gingen vom hellen Bootsdeck bis runter zum D-Deck, wo unsere Kabine unweit der Maschinenräume lag. Tagsüber hielt ich mich auf dem Promenadendeck auf, während Vater schlief. Abends gab es die neuesten Kinofilme. Wieder mit dieser blöden Zarah Leander, die Vater nicht ausstehen konnte. Oft musste er abends nach elf Uhr noch in der Bar weitersingen. Vorher gab es Tanzabende und Vater hatte eine blonde kurvige Amerikanerin im Auge, die aber in Begleitung war. Er nutze jede Minute, sobald ihre männliche Begleitung außer Sichtweite war um mit ihr ins Gespräch zu kommen. Dabei redete er mit Händen und Füssen. Wahrscheinlich hat er ihr wieder die Story erzählt, dass er dabei ist, sein Einreisevisum über Albert Einstein in die Wege zu leiten, denn dieser Physiker verfügte seinerzeit über ein Einwanderungsbüro in den Staaten. Eines Abends nach der Spätvorstellung weckte er den Funker, der vor seinen Apparaturen döste.
Vater brachte ihm eine Notiz mit der Adresse mit Albert Einsteins Einwanderungsbüro.

"Er hat schon vielen Künstlern zur Einreise verholfen."

Der Funker rieb sich die Augen.

"Das ist doch viel zu spät für ein Visum. Kennen sie ihn persönlich?"

"Aber versuchen"

"Ich darf nicht privat funken"

Die beiden redeten eine ganze Weile. Später erhielt Vater die schriftliche Nachricht, Herr Dr. Einstein befinde sich derzeit bei seinem Freund Dr. Albert Schweizer in Afrika.
Damit war das Thema Albert Einstein vom Tisch und der Funker war in Vaters Augen unfähig.

Unsere Betten lagen übereinander. Vater lag unten, weil es ihm zu beschwerlich war, immer hochzuklettern, was auch mit seinem Alkoholspiegel zu tun hatte.
In seinem Koffer suchte er nach einem sauberen Hemd, fand seine einzige Fliege, redete mit seinem Koffer, "hoffentlich krieg ich heute Abend überhaupt einen Ton raus."

In der feudal ausgestatteten Cocktail-Bar klimperte sich der Pianist auf seinem Flügel ein. Langhalsige Damen in Abendgarderobe am Arm von gut gekleideten Herren nahmen Platz auf den komfortablen Klubsitzen. Die Tische waren aus dunklem Holz geschnitzt.

Vater war zeitlich knapp. Wollte nur ein kleines Nickerchen vor der Spätveranstaltung machen wobei er tief und fest einschlief. So tief schlief er nachts nie, wenn er schlafen durfte. Musste sich einen Maulkorb vom Pianisten einholen. Er atmete einmal tief durch, verneigte sich vor der vornehmen Gesellschaft, die inzwischen alle Clubsessel um die Tische herum belegt hatte.
Der Pianist begann, und Vater sang, mit harter Stimme auf ein starkes Timbre bedacht:

„Ich weissss..." dabei kamen seine gut erhaltenen Zähne besonders zum Vorschein, verbargen jedoch jegliche Ausstrahlung eines Lächelns "...es wird einmal ein Wunder gescheeeehn und dann werden tausend Wunnnderr wahr."
Jeden Nachmittag übte er sich in das Timbre der Zarah Leander ein, um sein Repertoire zu vervollkommnen.

Die Absage des Funkers, Albert Einstein nicht erreicht zu haben geisterte Vater wie ein Spuk im Kopf herum. Den Spuk konnte man ihm von weiten ansehen.
Der allabendliche Spätauftritt in der Bar passte eigentlich nicht in sein Vergnügungsrepertoire. Viel lieber wäre er um Fräulein Amerika, wie ich sie nannte herumgeschwänzelt.

Wie üblich spielte sich der Pianist auch an diesem Abend leise in die Melodie ein. Mehrere Herrschaften haben sich um mich herum platziert. Dazwischen mal wieder ich wie ein Groschen Falschgeld. Wenn sie bloß nicht so affektiert vornehm täten. Gucken zwar freundlich, irritieren mich aber unentwegt. Starrte auf meinen Schnürsenkel, einer ist offen, dann auf ihre Schuhe und hebe meinen Blick langsam zum Busen der Dame.

Dann begann der Pianist lauter zu spielen. Ich schrecke zusammen. Hatte ihn ganz vergessen. Haute die tiefen Töne in die Tasten für:
„Davon geeet die Weltt nicht unnnter ...."
Ich sah Vater tief durchatmen und immer wenn er so tief in sich hineinatmete, wusste ich, dass danach eine Explosion folgen konnte, nur sah das Ausmaß jedes Mal anders aus. Er begann mit dem Timbre von Zarah Leander die ersten Takte aus sich raus zu quälen. Normalerweise konnte er problemlos vom Tenor zum Bariton wechseln, aber er hatte seine Baritonstimme bereits in Rage gebrummt und man hätte heute bei seinem Auftritt eher eine Karikatur einer späteren Nina Hagen vor Augen gehabt nur mit dem Unterschied, dass sie ihren Auftritt perfekt darbot, während mein alter Herr seinen cholerischen Ausbruch frönte. Er platze heraus aus seinem Käfig. Und während er sich so aufblies riss auch noch der mittlere Knopf seines weißen

Oberhemdes ab. An dieser Stelle sprang sein Oberhemd auf.

Laut:
„Das war so nicht geplant! -
Ich bring doch keine Nazipropaganda!"

Die vornehmen Damen erstarrten, selbst Fräulein Amerika reagierte erschrocken. Mit seinem Auftritt hatte er es mal wieder geschafft, die Dynamik der Abendgesellschaft über den Haufen zu werfen. War auch nicht das erste Mal. Meine Mutter konnte Arien darüber verfassen. Das war auch der Grund, weshalb sie mit dem Pianisten in die Vereinigten Staaten flüchtete. Jedenfalls dachte ich das. Das war genau ein Jahr her. Nun stand er da. Mit sich allein und seinem Anhang.
Die Damen wollten sich nicht beruhigen. Sie waren ihm eigentlich gut gesonnen. Aber Ausbrüche dieser Art überforderte das Publikum. Mit seinem Auftritt hatte er es mal wieder geschafft, alle Beteiligten zu verunsichern. Als die freundliche Dame mit ihrem hellen Dekoltee sich erhob und ihre Nachbarin anstieß um die Veranstaltung zu verlassen, stellte ich mich auf meine Füße, mein Schnürsenkel war immer noch offen, und holte zweimal tief Luft, bis zum letzten Rippenbogen und appellierte an meine knäbliche Sopranstimme.

Meine Sopranstimme, die mitunter in Mezzo-Sopran wechselte, gab alles her.

Ein holländischer "Mama" Sänger Heintje, der im Jahre 1967 alle Omaherzen höherschlagen ließ, hätte es nicht besser trällern können.

Die Aufmerksamkeit richtete sich auf mich. Ich legte einfach los. So richtig aufrecht, geradestehend und Kopf hoch, wie Mutter immer sagte, brachte ich als knapp 13-jähriger bereits eine körperliche Höhe von fast 1,60 cm zustande. Bizets Duett aus Carmen war mir in diesem Moment sofort präsent. Es kam im dritten Akt vor und hieß: "Je dis que rien ne m'epouvante" auf Deutsch so viel wie, ich sage, dass mir nichts Angst machen kann.

Es war dieser Ohrwurm, der mich noch tagelang begleitete, wenn ich gemeinsam mit Vater dieses Duett übte und Mutter uns am Flügel begleitete. Das war meine Erinnerung an Mutter.

Je dis que rien ne m'epouvante

from *Carmen*

By Georges Bizet
(1838–1875)

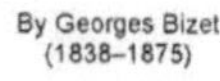

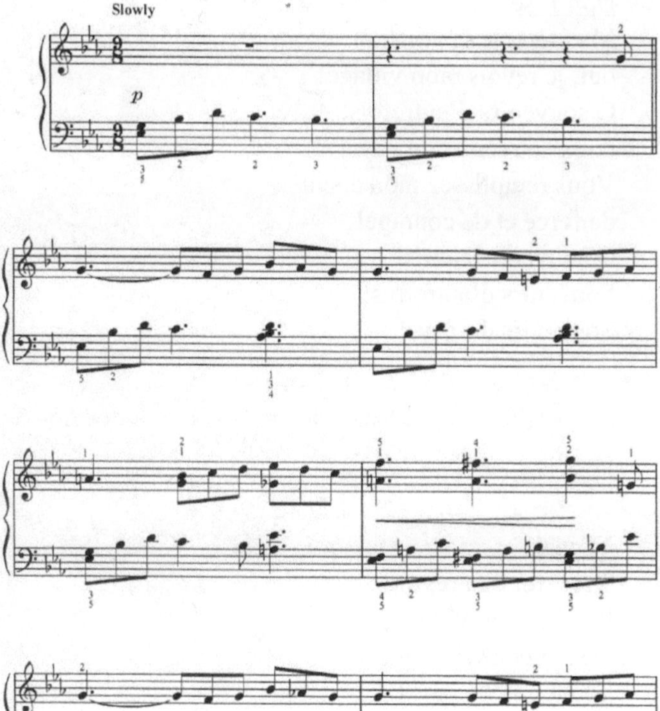

Don José
Ma mère, je la vois!..
oui, je revois mon village!
O souvenirs d'autrefois!
doux souvenirs du pays!
Vous remplissez mon coeur
de force et de courage!
O souvenirs chéris!
Souvenirs d'autrefois!
Souvenirs du pays!

An der Stelle der Micaela setzte ich ein mit der Arie in
Es-Dur

Micaëla
Sa mère, il la revoit!
Il revoit son village!
O souvenirs d'autrefois!
Souvenirs du pays!
Vous remplissez son coeur
de force et de courage!
O souvenirs chéris!

wiederholte mich, damit der Pianist seinen Einsatz
findet

beide …..

<u>Don José</u>
Qui sait de quel démon
j'allais être la proie!
Même de loin,
ma mère me défend,
et ce baiser qu'elle m'envoie,
écarte le péril
et sauve son enfant!

<u>Micaëla</u>
Quel démon? quel péril?
je ne comprends pas bien…
Que veut dire cela?

<u>Don José</u>
Rien! rien!
Parlons de toi, la messagère;
Tu vas retourner au pays?

<u>Micaëla</u>
Oui, ce soir même…
demain je verrai votre mère.

75

Don José
Tu la verras!
Eh bien! tu lui diras:

« Que son fils l'aime et la vénère
et qu'il se repent aujourd'hui.
Il veut que là-bas sa mère
soit contente de lui! »

Tout cela,
n'est-ce pas, mignonne,
de ma part, tu le lui diras!
Et ce baiser que je te donne,
de ma part, tu le lui rendras!

Micaëla
Oui, je vous le promets…
de la part de son fils,
José, je le rendrai, comme je l'ai promis.

Der brüllende Alte fing sich, und ich erinnere wie er sich langsam in die Tenorstimme des Leutnants Don José einsang. Es schien, als hatte unser Duett Anklang gefunden. Damit erhellte sich Vaters Stimmung.

Spät abends in der Kajüte brannte Vaters Funzel wieder stundenlang. Ich war grad mal wieder am Dahindämmern kurz vor dem Einschlafen. Er las mir vor: "Man darf keine Angst haben. Glaube nur an dich selbst. Das sagte Spinoza im 17. Jahrhundert schon."
Nachts in der Kajüte, bestens gelaunt mit seinem Quantum Beaujolais in sich hineingekippt, fing Vater wieder vom Spinoza an, der angeblich sogar von Goethe zitiert wurde. Er bekam trotz Beaujolais Abfüllung kein Auge zu.

"Siehst du … genauso wie Goethe, der hat es auch so gesehen in seiner Abfolge von Betrachtungen über sein Leben"

"Ich bin müde. Jetzt kommt der auch noch mit Goethe" und dabei dozierte er mit erhobenem Zeigefinger aus seiner unteren Koje heraus mir nach oben zugewandt. Aber er hörte mich gar nicht.

"So närrisch macht den Menschen die Furcht" las er vor „der Aberglaube …"

77

"Bin doch gar nicht abergläubisch."
"Aber es ist die Furcht," er sagt weiter: „sie ist es die den Aberglauben erzeugt und ihn nährt und ihn begünstigt".
"Meinst du den Spinner?"
"DU hast Latein gehabt!"
"Wenig"
"Spinoza kommt von Spinozus und von Spina und heißt Dorn genauer voller Dornen oder von einem dornigen Ort, Juden haben ihre Namen gekauft und nach Blumen benannt."
"also er sagt: Bewunderung"
"wer du oder Goethe oder Spinoza?" Wenn er doch endlich still wäre. Ist er aber nicht.
"Seit wann rede ich von mir in der dritten Person! … " er ließ sich nicht unterbrechen.

"Goethe zeigte Bewunderung darüber, dass Spinoza schon damals im 17. Jahrhundert Argumente geliefert hat wie: lass die Liebe fließen und befreie dich von den Erwartungen etwas zurück zu bekommen. Er gab ihm ein inneres Gleichgewicht. Er fügte hinzu, Herz Geist und Verstand suchten sich mit notwendiger 'Wahlverwandtschaft' und durch diese kam die Vereinigung der verschiedenen Wesen zustande."

Immer wenn er zu viel getankt hatte, gelang es mir am besten ihm Kontra zu geben.

„Und 'Golda' wäre dann deine 'Wahlverwandtschaft'.
Die hat dich aber nicht haben wollen",
fiel mir dazu noch ein,
"Deshalb musst du jetzt hier dieses Scheiß Zeug
trällern."
"Ich wehre mich eben dagegen. Mit Erfolg wie du
gesehen hast. -
Aber du hast dich hervorragend eingebracht. Das war
ein Auftritt wie in der Oper. Ich glaub die Leute dachten,
es gehört so."

"Du kannst froh sein, dass mir mein Sopran nicht
abgehauen ist und ich nicht plötzlich wieder im Bariton
gelandet bin."
"Die Kabine beginnt sich um mich zu drehen."
"Weil du so viel Beaujolais reingeschüttet hast."
"Alles dreht sich mein 'kleiner Jaques', so nannte er mich
immer, wenn er nur noch lallen konnte und lallte weiter
irgendein Zeug von Spinoza, das ich nicht verstehen
konnte. Wenn er besoffen war konnte er es nicht lassen
sich abermals zu rechtfertigen, und fuhr fort:
"Siehst du, wie die Vernunft von unseren Emotionen
geknechtet wird? Fast hätte ich meine Seele
vergewaltigt und mich auf diese Nazipropaganda ...",
dann schlief er ein. An die Geschichten von **Spinoza**
erinnere ich mich sehr gut. Schließlich war es immer
dasselbe, was er mir vorlas. Die meisten Buchseiten

fehlten ja, weil der Platz der vielen Seiten als Versteck für den locker gemachten Bargeldbetrag von Vaters Freund **Aron Kirschenbaum** diente. Der Gelddrucker, wie wir Kinder ihn immer nannten war Vaters bester Freund und sein Sohn **Benni** war mein bester Freund. Benni und viele andere Freunde fehlten mir sehr.

Miss Liberty

Mit den abendlichen Auftritten meines Vaters hatte auch ich das Glück, abends in der ersten Klasse zu verweilen und mit den jungen Mädchen anzubandeln. Aber es fehlte mir am Outfit. Mit fiebrigen Augen schaute ich ihnen hinterher und selbst nachts im Schlaf himmelte ich jene jungen Mädchen an, aber sie waren nicht für mich bestimmt.

So sehr ich mich auch bemühte, ich passte einfach nicht in diese vornehme Gesellschaft.

Vater auch nicht. Dafür freundete er sich nicht nur mit dem Schiffskoch an, sondern hatte ganz gezielt den Kontakt zum Funker aufrecht erhalten mit der Hoffnung, Albert Einstein ist vor unserer Ankunft in New York heimgekehrt. Dann hätte er noch die Chance gehabt, sein 'Immigration Office' anzufunken.

Er besuchte den Funker regelmäßig und brachte seinen Rotwein mit, den er vom Koch abgestaubt hatte.

Irgendwann in den frühen Morgenstunden als ‚Miss Liberty' in Sicht war, gab er seinen Plan auf. Jetzt hielt er mir Vorträge über eine römische Göttin. Diese römische Göttin der Freiheit in Bronze gegossen rückte immer näher und ihren Sockel mitgerechnet ragt sie fast hundert Meter auf ihrer kleinen Insel hervor und symbolisiert die amerikanische Unabhängigkeit. Und so steht sie heute noch da. Viele Gedanken gingen Vater durch den Kopf:

"Ob er wirklich so unabhängig ist dieser **‚Roosevelt'**, der verliert doch die Wahlen, wenn er uns auch noch aufnimmt. Ist doch gefangen in der Welt-Wirtschafts-Krise und lässt auch niemanden in sein Land. Alles hatte begonnen mit dem Börsenkrach 1929 und daraus folgte der starke Rückgang der Industrieproduktion. Bankenkrisen folgten, und ein Al Capone blühte auf. Oder war der schon früher? Die Bankenkrise zog sich durch bis nach Deutschland. Die deutschen Banken bekamen keine Gelder mehr, die sie für ihre Schulden des ersten Weltkrieges abzuzahlen hatten. Alles hing miteinander zusammen.

Irgendwo musste das Geld doch herkommen. Juden wurden verfolgt. Sie mussten ihr gesamtes Guthaben offenlegen. Vater auch. Von denen holte man die Kohle. Und von uns. Und jetzt ragt eine ‚**Miss Liberty**' aus dem Meer hervor und will für die amerikanische Unabhängigkeit plädieren. Die deutschen Juden sind hier unerwünscht. Bringen ‚Roosevelt' (auf Deutsch **Rosenfeld**) aus dem Takt mit seinen neuen Wirtschafts- und Sozialreformen des „**New Deal**" mit dem er den USA neue Hoffnung machen wollte. Mit einreisenden Glaubensbrüdern aus Deutschland konnte er seine Wahlen nicht gewinnen. Das hätte bedeutet noch mehr arme arbeitslose Menschen.

Angeblich gehörte er einer **Episkopal Kirche** an. Geheiratet hatte Roosevelt aber seine jüdische Cousine die ebenfalls Roosevelt hieß."

Und abermals viele Gedanken verfolgten ihn.

Die ersten Tage der Überfahrt waren durchwachsen. Um nicht nur die blöden Lieder zu trällern, hatte mein Vater sich durchgesetzt und wir sangen nach seinem emotionalen Ausbruch wenn auch nur zu zweit die Lieder der 'Comedian Harmonists' und begannen mit „Ein Freund ein guter Freund …". Seine Nasalstimme war stabil im Gegensatz zu meiner, die von Sopran zu Mezzosopran wechselte, bei der sich ab und zu ein unerwarteter dunkler Ton einschlich.

Abends in der Kajüte empfing ich jedes Mal ein großes Lob von dem Alten. Er schien zufrieden mit mir.

Sein gutes Verhältnis zum Schiffskoch verbesserte seine Laune und er brachte nach wie vor eine gute Flasche Rotwein mit. Es war ein guter Tropfen, den er nicht selten direkt aus der Flasche trank, womit er seine Vorderzähne dunkel färbte. Dazu wickelte er einen Käse aus seinem Papier. Ich mochte noch keinen Käse. Für mich hatte er Schokolade dabei.

Je südlicher das Schiff im Atlantik steuerte, desto stärker kämpfte es gegen die starke Strömung des Golfstroms an. Der Seegang wurde zunehmend heftiger. Wir hatten Windstärke sechs die sich innerhalb kurzer Zeit zu einem Tropensturm von Windstärke elf aufbaute.
"Raus an die frische Luft", folgte ich meiner inneren Stimme.
Am D-Deck waren Seile entlang der Rehling gespannt, an denen sich die Passagiere festhalten mussten.
Kaum jemand hielt sich da draußen noch auf.
"Tief ein- und ausatmen und die Augen gehen mit der Bewegung des Schiffes mit. Oder war es der Horizont?"
Einmal ist nur der hellwerdende Himmel sichtbar, danach fährt die Achterbahn mit mir bergab.
Zu sehen war nur das Meer mit seinen hohen Wellen.
Hoch als wollte sich dieser Dampfer seitlich überschlagen.
Kotz übel " -tief einatmen … ausatmen und wieder erneut, bis es sich alles wendet und gen Himmel bewegt."
So war es unzählige Male.

Bis ein Steward mich am Arm packte und in das Innere
des D-Decks zog.
„Haben Sie nicht gehört, dass wir einem Tropensturm
entgegen fahren! – Sie haben jetzt drin zu bleiben!"
Dabei hielt er mir eine große Tüte hin mit dem
Zeigefinger auf die Öffnung deutend.

Nach zwei ganzen Tagen und zwei Nächten beruhigte
sich die See. Das Meer sah friedlich aus. Delphine flogen
durch die Luft von Welle zu Welle und ich ging in mich:
"An diesem Tag ist Genesung angesagt."   Die
Weiterfahrt verlief auf glatter See. Es wurde täglich
wärmer.

Seit der Überseefahrt im Jahr 1938 war mein Vater
nachts wach. Immerzu brannte seine Funzel über seiner
Liege in unserer Kajüte. Es war als befinde er sich im
Gefängnis seiner selbst. Der Alkohol verhalf ihm, die
gepanzerten Gefängnistüren zeitweise zu sprengen, um
das 'Über-Ich' auszuschalten.
Das nächtliche Ritual ließ die Rotweinflasche floppen
und seine kleine Funzel punktierte die Spalten der
Abhandlung.
Er dachte ständig laut. Es schien ihm ratsam, etwas
Gewisses aufzugeben. Etwas, das für ihn damals noch
ungewiss war. Immer wenn er in seinem 'Spinoza'

vertieft war wollte er mich einbeziehen in diese für mich komplizierte Gedankenwelt dieses Philosophen.

Er wollte verstehen, weshalb diese Verfolgung gerade seine Glaubensbrüder betraf.

"Und Spinoza war auch ein Glaubensbruder. Ein Ausgeschlossener," belehrte er mich, "freiwillig, aus Überzeugung."

Meine Argumente, wir praktizieren den Glauben doch gar nicht, gingen dabei unter.

Er wollte es genauer wissen. Spinoza schien es zu wissen. Dachte er.

"Du bekommst auf diese Weise wenigstens den Einblick in ein wenig Philosophie, wenn auch nur einen kleinen einseitigen Einblick", belehrte er mich.

Vater sollte es helfen, das 'Sein' zu definieren.

Damit meinte er das 'Sein' auf einer höheren Ebene.

"Was meint er denn mit dem 'Sein' überhaupt?"

"Er nennt das 'Affektenlehre'. In dieser Lehre geht es ihm darum, in gewissen 'Ursachen' nicht unterzugehen."

"Was für Ursachen?"

"Ursachen wären beispielsweise die bei uns herrschenden Verfolgungen."

"Das haben wir auch ohne Spinoza gewusst. Deshalb sind wir ja weggegangen."

"Eben, wir sind weggegangen, um nicht zum Knecht dieser 'Affekte' zu werden. Unsere Flucht geschah aus einer Ohnmacht heraus. Und aus dieser Ohnmacht heraus entspringt eine tiefe Demut. Aber diese Demut ist keine Tugend, sondern sie ist eine Trauer."

Er machte eine Denkpause, und ich kam wieder zu Wort:

"Ist doch egal, ob Tugend oder Trauer."

"Nee! Tugend brauchen wir jetzt wirklich nicht! Aber die Trauer, davon gejagt zu werden so wie wir, die kann man bewältigen."

"Ok"

"In der Bewältigung dieser Trauer ist es das Ziel Spinozas, da Gott in allem ist ... "

ich fiel ihm ins Wort,

"... du hast doch gesagt, Spinoza hat es nicht mit dem lieben Gott. Was will dir dieser Spinoza neues sagen?"

"Also, um es auf den Punkt zu bringen. Alle Geschehnisse und Ereignisse auf unserem Planeten inmitten des Universums unterliegen einer natürlichen Gesetzmäßigkeit. Alles in unserer Galaxie dreht sich seit abermals vielen Jahren in einer Gesetzmäßigkeit um die Sonne herum. Für Spinoza ist das so etwas wie eine höhere Intelligenz, die sich Gott nennt. Und wir Menschen sind ein Teil des Ganzen und damit sind wir auch ein Teil Gottes.

Aus dieser Sichtweise heraus unterliegen wir Menschen einer natürlichen Gesetzmäßigkeit und nicht den bürgerlichen Normen und Werten einer bestimmten Kultur, die von Menschen erdacht wurde."

Mein spontaner Gedanke dazu war,

"Eigentlich könnte ich dann ja machen was ich will."
"Wir tragen eine ethische Verantwortung."
Damit knipste er seine Funzel aus.

Und so sprachen wir oft Nächte lang, insbesondere wenn er nicht schlafen konnte. Und das war so gut wie immer.
Seine schlaflose Phase verstärkte sich mit der Überfahrt in ein ungewisses für uns unbekanntes Ziel, einer Insel in der Karibik, wo ein Diktator regierte, der genau diese Menschen wie uns haben wollte, weil sie hellhäutig waren. Ein 'Samy Davis jr.', der auch Jude war, wäre demzufolge nicht willkommen gewesen, weil er dunkelhäutig war. Das sollte einer verstehen.
Also musste das „Sein" weiter definiert werden. Ich war gerade knapp dreizehn, und was mir entging, war eine gute Schulbildung. Musik und Philosophie lernte ich von meinem Vater. Aber für all die wichtigen Fächer wie Mathe und Physik gab es nur Grundkenntnisse. Die genügten nicht um einem Schulabschluss irgendwo nachzuholen. Abgesehen davon bewegten wir uns auf einen Landstrich zu, wo die Leute so gut wie gar nicht zur Schule gingen.

8 New York nach Hispaniola 1938

Rafael Trujillo

Roosevelt hatte uns also an den Diktator 'Trujillo' verhökert. Zu diesem Zweck hatte dieser Trujillo den Chiquita Strand mit seiner Bananenplantage zu einem Spottpreis von den Amis abgekauft.

Diese Bananenplantage, auf der zu diesem Zeitpunkt kein Kraut mehr gedieh - auch keine Bananen - gehörte der 'United Fruit Company'. (Später als 'FRUIT OF THE LOOM' bekannt)

Auf - zu einem Trujillo in seiner Fantasieuniform mit rundem Puderdöschen ging unsere Odyssee weiter. New York war abgehakt. Einstein war nicht aufzufinden.

Hatte später in der Zeitung verfolgen können, dass er tatsächlich zu seinem Freund Albert Schweitzer nach Afrika gereist war.

Auf uns hatte niemand gewartet. Weder Roosevelt noch Einstein. Golda war in weiter Ferne und Vater schwärmte nur noch ihr Foto an, das er auf seinem Nachtschrank aufbewahrte. Also ging die Seefahrt weiter zur Insel Hispaniola. Das Klima veränderte sich von Tag zu Tag. Es wurde zunehmend tropischer, bis wir in Santo Domingo erstmalig schwitzend an Land gehen durften.

An der Reling reichten die Passagiere das Fernglas von Hand zu Hand. Als es in Vaters Hände gelang, störte seine Brille, die er mir in die Hand drückte. Nach langem drehen hatte Vater die Reling, dann den Kai von Santo Domingo und schließlich den Diktator im Visier. Er traute seinen Augen nicht:

"Da steht ein Pfau! Schau ihn dir an," und reichte das Fernglas an mich weiter.

"Tatsächlich", seine Kopfbedeckung sah einzigartig aus. Fasching. "eine bunte Feder, wie Fasching."

Da stand er dann in voller Pracht mit seiner **selbstkreierten Uniform**, dieser Diktator und Freund des amerikanischen Präsidenten. Roosevelt selbst hatte Trujillo nach Frankreich zum Evian Comité geschickt um die verfolgten Europäer zu sich auf die Karibikinsel zu holen. Alles wurde bestens geplant. Das Unternehmen

Fruit of the Loom verkaufte ihm zu einem Freundschaftspreis die Bananenplantage **Chiquita**, nach dem der Strand von **Sosúa** im Nordosten der Insel benannt wurde.

Das grinsende Gesicht breit und schmierig mit dem Oberlippenbärtchen genauso wie der deutsche Diktator habe ich immer noch vor Augen. Er trug eine geschmacklose perfekt geschnittene **Fantasieuniform** gekrönt von einer Kopfbedeckung mit **Federbusch**. Man erzählte sich, er helle sein Gesicht mit Bleichcreme und Puder auf. Ich stellte mir vor, wie dieser Pfau mit seinem Federbusch auf dem Kopf im Hafengebäude eine Damentoilette aufsucht, sein rundes Puderdöschen öffnet und sich mit einem Schwämmchen über Nase und Wangen fährt, um seinem Ideal einer hellen Hautfarbe nachzuhelfen, wobei die intensive Sonneneinstrahlung auf diesem Breitengrad eher das Gegenteil bewirkte. Jedenfalls bei uns. Wir hatten durch die Bank weg alle einen Kopf, der einem Leuchtturm glich.

Über zehntausend deutsche Flüchtlinge sollten kommen, dann waren das höchstens sechshundert, die gekommen sind.
"Und wenn es nur einer gewesen wäre! Es geht nicht um die Masse sondern um das Individuum. Amis und Menschenrechte?"

Ereiferte Vater sich sobald jemand das Thema auch nur im leisesten anschnitt.

"Es war eine Missachtung, den Menschen ihre wirtschaftliche Existenz wegzunehmen und dann in einen Kibbuz zu stecken. Und das nicht irgendwo hin, sondern auf eine abgelegene Karibikinsel zu einem Diktator. Einem Diktator, der kurz vorher ein Riesenmassaker verbrochen hatte. Aber der Ami hat ihm seine ethnische Säuberung schnell vergessen. Schließlich nahm Trujillo ihm ja die Flüchtlinge ab.
Er ein Verbrecher, der nun sein dunkelhäutiges Volk mit uns aufhellen wollte. Von Hitler zu Trujillo im Auftrag von Roosevelt."

Da standen wir nun, bei einem neuen Herrscher, der sich bereit erklärt hatte uns aufzunehmen.
Wütend von dem Anblick schnaubte Vater:
"Wo sind wir hier!!"
Den Ton kannte ich nur zu gut.
Keine Arie konnte ihn jetzt retten. Der Typ sah aus, als würde er nicht lange fackeln.
"Eh du dich versiehst landest du im wohl temperierten Knast mit tropischer Heizung."
Keine Darbietung im Duett würde uns helfen. Hier hieß es nur:
"Alter Benimm dich! Halte deine verdammte Klappe."
Gut so dachte ich, jetzt richtet er seinen Zorn auf mich, und dementsprechend fluchte er mich an:

"Was fällt dir ein! So mit deinem Vater zu reden."
"Der sieht nicht aus, als würde er mit sich spaßen
lassen", lenkte ich ein.

Wir kletterten auf die Lastwagen, die für uns zum
weiteren Transport bereitstanden.
Eine Fahrt durch Santo Domingo einst entdeckt von
Christoph Kolumbus, der als hervorragender
Kartenzeichner die These entwickelte, fahre man nur
nach Westen, dann gelange man nach Indien und zu den
Reichtümern von Gold und Silber, denn die Erde war
eine Scheibe. Nein. Die Erde war keine Scheibe mehr.
Wir schrieben das Jahr 1938 und sind während unserer
Überfahrt nur knapp den wirklichen Herbststürmen, wie
einem Hurrikan entkommen und fuhren jetzt eine
Ewigkeit über eine mit Schlaglöchern durchsetzte Straße
und einsamen Wege mitten durch die Gebirgswelt an
den Ausläufern des Pico Duarte vorbei, bis wir den Rand
des tropischen Regenwaldes im Norden der Insel
erreichten. Reifen mussten gewechselt werden.
Straßenschilder gab es nicht. Kein Plan wo die uns
hinführten. Irgendwann war das Meer in Sicht.

Mit New York blieb das Thema Spinoza eine Zeit lang
hinter uns. Jetzt ging es nur noch um Roosevelt dem
amtierenden Präsidenten der USA, mit seiner
gleichnamigen Ehefrau, die wohl eine seiner Cousinen
war und offiziell dem Judentum angehörte. Er angeblich

nicht. Er wollte uns nicht haben. Das war Vaters Thema von morgens bis abends.

<u>9 Hispaniola 2016</u>

Nicht weit von Sosúa entfernt lieg 'Haiti' und gehört genauso wie die 'Dom. Rep' zur Insel Hispaniola.

Harrie, Isabell, Benni und ich verbringen eine schöne Zeit bei einem guten Tropfen auf meiner Veranda. Der Blick auf Palmen und Strand ist magisch.

Der Rest Bordeaux ist in den Gläsern. Die Bordeaux Flasche ist leer. Die Chips aufgegessen. Im Schälchen befinden sich nur noch ein paar Krümel.

"Ich muss meine alten Knochen ein bisschen bewegen. Die Flasche ist leer und ich guck, ob ich noch was Neues finde um euch gut zu bewirten."
"Ich genieße ihn täglich, den Blick von der Veranda und den großen breiten Strand. Für mich war es der Ort nach einer langen Reise, der einfach klasse war. Jeden Tag konnten wir baden gehen. Felder bestellen mussten wir natürlich auch. Das war weniger spannend. Aber hier war es für uns Kinder in Ordnung. Mir ging es gut. Bis auf die Sonne, die regelmäßig unsere helle Haut verbrannte, sodass man am nächsten Tag die Fetzen wie von einer Pellkartoffel abziehen konnte. Uns fehlte es an nichts."

"Gutes Tröpfchen", Benni begutachtet sein Glas. Es scheint, dass die beiden alten Herren trinkfest sind.

10 Sosua 1938

Wir schrieben noch das Jahr 1938. Jeder Erwachsene, vielleicht waren es auch nur die Männer besaß, ein Pferd, und wir konnten ins Dorf hineinreiten und es schien, als wären wir die Attraktion für die Dorfbewohner von Sosúa. Die Dominikanerinnen machten den deutschen Männern schöne Augen. Aber es gab auch viele Krankheiten. Wir Europäer waren nicht vorbereitet auf das tropische Klima. Fälle von Malaria, wurden nicht gleich erkannt. Es gab Kinderkrankheiten, die nicht richtig diagnostiziert wurden.

Viele Einwanderer hatten sich nach Kriegsende im Jahre 1945 dann doch erfolgreich auf den Weg nach USA begeben. Aber Vater hatte beschlossen, 'wir bleiben jetzt in Sosúa.' Wahrscheinlich blieben wir wegen den hübschen Dominikanerinnen auf der Insel und für mich war es außer Frage hierzubleiben. Ich fühlte mich nach unserer Odyssee zum ersten Mal zuhause. Außerdem gab es **Martha**, die mit dem nächsten Schwung deutscher Flüchtlinge bei uns ankam.
Einige Jahre später haben wir uns schließlich verlobt, und **1946** führte kein Weg mehr dran vorbei, Martha war schwanger, **Johannes** kam auf die Welt und ich musste sie heiraten. Natürlich war ich der Vater von Johannes,

aber doch noch nicht zu diesem Zeitpunkt, dachte ich damals.

"Hättest du besser aufpassen müssen", ermahnte Vater mich.

"Gut", mehr fiel mir dazu nicht ein. Vater starb, als Johannes noch klein war. Johannes war unser Sorgenkind. Er erkrankte als Kind an Mandelentzündung. Jedenfalls dachten wir das. Er hatte einen dicken Hals. Es hieß er hat einen Virus einhergehend mit Fiber, wird schon wieder besser werden. So richtig hatten wir nie erfahren, um was für eine Krankheit es sich handelte.

Einige Jahre später hatte Johannes sich zu einem hochgewachsenen gutaussehenden Kerl entwickelt. Johannes Kinderjahre vergingen genauso schnell wie meine Kinderjahre, so dass ich mir viel zu oft darüber Gedanken machte, wo die ganze Zeit denn geblieben ist.

Johannes war inzwischen erwachsen. Regelmäßig machte er Mathilda schöne Augen. Die Dominikanerin **Mathilda** kam zweimal in der Woche mit frischen Mangos, Ananas und Papaya bei uns vorbei, die sie aus Santo Domingo mitgebracht hatte. Sie brachte nicht nur Obst, sondern ihr strahlendes Lächeln verbreitete gute Laune. Ich nannte sie **Thilda**. Fand, dass der Name besser zu ihr passste. Hinzu kam, dass Martha und

Mathilda beides mit Ma beginnend erinnerte mich an Martha, die früh verstorben war.

Thilda und Johannes waren ein Paar, dann wieder nicht, später wieder doch, als sich Johannes 1981 überraschend nach USA abgesetzt hatte. Seine dominikanische Dauerverlobte Thilda war nicht gerade begeistert. Sie war hochschwanger mit **Harrie**. Aber es hatte keiner so richtig nachgefragt. Die Dominikaner gingen irgendwie lockerer damit um als wir deutsche.

Ich hatte ihr natürlich auch Avancen gemacht. Es kam ihr nicht gerade ungelegen. Johannes war mit der Feldarbeit beschäftigt und wir unterhielten uns in einem Kaudawelsch. Manchmal konnte ich Brocken meiner Französischkenntnisse verwenden, um das spanische zu analysieren. Mir gefiel es, wenn Thilda in der Küche beim Gemüsewaschen war, und ich sie mit ihrem damals noch kleinen runden Hintern hin und her wackeln sah. Dieser kleine Hintern animierte mich und hin und wieder griff ich auch zu, woraufhin sie nur mit belustigtem Lachen reagierte, bis sich eines Tages meine Männlichkeit derart auffällig in mir regte, was ihr wiederum gefiel und es war als hatte sie nur auf diesen Moment gewartet, endlich zur Sache zu kommen. Die erotische Anziehung metaphysischer Wellen schoss sich bei mir und Thilda bereits bei der ersten Begegnung ein. Damals, als sie zum ersten Mal ihre Früchte bei uns anbot:

"Ananas" sagte sie nur, und ich sagte

"Ich liebe Ananas"

Wir sprachen mit Händen und Füßen über die frischen Früchte aus Santo Domingo. Johannes hatte die Idee, noch ein paar Tapas vorzubereiten und den guten Tequila anzubieten. Schließlich hatten wir sie dazu bewegt, über Nacht zu bleiben. Es war klar, dass Johannes ein Auge auf diese zauberhafte, kaffeebraune Gestalt geworfen hatte. Er bot ihr an, in seinem Bett zu übernachten, während er auf der Couch schlief. Rückblickend gefiel Thilda Johannes und mir wohl gleichermaßen, aber Johannes hatte den Vortritt, weil er ihr altersgemäß eher entsprach als ich alter Socken.

Johannes war weg. Nach USA. Thilda war schwanger und Harrie kam zur Welt. Als Harrie zwei Jahre alt war, kam er hierher in mein Haus und Thilda kehrte zu ihrer Familie nach Santo Domingo zurück.

Inzwischen sind alle Straßen nach Santo Domingo gut gepflastert. Isabells Zeitplan erlaubt es noch, um Harrie nach Santo Domingo zu seiner Mutter **Thilda** zu begleiten. Der Scheibenwischer des Hondas arbeitet gegen den Regen. **Harrie** kennt die Strecke nach Santo Domingo im Schlaf. Isabell erinnert an die Geschwindigkeitsbegrenzung.

Nach all den Jahren treffen sich **Johannes und Mathilda** wieder. Sie reden über die Entwicklung von **Harrie**, als wäre es ganz normal gewesen, dass Johannes nach USA auswandern konnte und Harrie beim Opa aufwächst.
Aber jeder weiß es. Jeder weiß, dass Johannes als Kind einen fiberhaften Infekt hatte, der erst Jahre später als Kinderkrankheit diagnostiziert wurde. Es wurde befürchtet, dass Johannes gar keine Kinder zeugen kann.

<u>Veranda: 2016</u>

Jetzt ist uns doch tatsächlich der gute Bordeaux ausgegangen. Benni macht sich auf den Weg in die Küche.

Wir hatten uns schon fast aus den Augen verloren. Aber dann fand ich vor geraumer Zeit eine Nachricht von **Benni** im Briefkasten. Benni war derjenige, mit dem ich mich austauschen konnte über die Geheimnisse meiner Eltern, und er war derjenige, der wusste, wie schwierig es mit Vater war. All das ging uns in der Zwischenzeit verloren. In der Zwischenzeit passierte das eigentliche Leben. Mutter war ein für alle Mal weg. Vater war tot. Was unsere Gemeinsamkeit betrifft, dreht es sich um die Zeit 'davor' und die Zeit 'danach', in der wir uns jetzt wieder zusammengefunden haben. Als wir uns wieder trafen war die Zeit 'dazwischen' plötzlich bedeutungslos und es war, als hätten wir uns gestern als 13jährige Jungs voneinander verabschiedet. Benni knüpfte sofort an alte Zeiten an:
"Wir wurden vertrieben zu einer Zeit, in der man am besten kein Namenschild an der Tür befestigte, weil aus unserem Namen 'Kirschenbaum' unsere Ethnie abzulesen war."
"Und Vater nannte deine Mutter immer Kirsche."
"Ja und hier findest du 'David Stern' und 'Rosenbaum' sogar als Straßennamen."

"Ist zwar nicht die USA geworden, aber hier ist es zauberhaft."
"Aus den Zäunen wachsen Bäume, so fruchtbar ist dieser Platz in der Karibik."
"Jaques, es hat geklingelt. Dein Gehör ist wirklich schlecht."
Benni ist zwar genauso alt wie Jaques, hört aber noch deutlich mehr. Dafür sieht er nichts. Mein Schulfreund Benni hat sich für seinen Lebensabend vorgenommen, in der Karibik zu bleiben, hier spricht man ja deutsch, meinte er nur und hier wird er bleiben. Bennis Vater, der 'Gelddrucker', hatte es verstanden, sein Vermögen rechtzeitig in der Schweiz anzulegen und da er über genügend Vermögen verfügte, indem er alles rechtzeitig auf ein Konto in die Schweiz transferiert hatte, war er dort auch gern gesehen und wurde problemlos aufgenommen. Geld machte schon immer alles möglich.

"Es klingelt." Der Himmel hat sich kurzzeitig aufgeklart, wobei ein dickes Wolkengebilde im Kommen ist.
(Ma) Thilda, Harrie, Isabell und ganz hinten **Johannes** zeigen ein freundliches Gesicht.

Ich freue mich zwar, meinen Sohn Johannes nach all den Jahren wiederzusehen. Denke aber, das ist eine komische Überraschung, alles so ohne Ankündigung, einfach so, aber Thilda meint,

"wir haben noch jemanden mitgebracht, Jaques,"
"ach habe dich erst gar nicht gesehen, … mein Sohn ist
auch ein alter Mann geworden, nach all den Jahren."
Thilda,
„ist ja eine tolle Begrüßung,“
„ihr überrascht mich!“
„Hoch – Leben - wollen wir dich“
„Es ist dein x-und neunzigster Geburtstag und wir lassen
dich hochleben. Was willst du für Musik hören?“
„Gar nix, ich feier nix mehr, weiß doch jeder.“

Isabell fühlt sich fehl am Platz, komische Stimmung,
dabei deutet sie Harrie,
„ich gehe frische Luft schnappen,“
Harrie folgt ihr.

Eindrücke gehen Isabell durch den Kopf:

'Der Alte erzählte von Spinoza und den natürlichen
Gesetzen. Er meinte, Gott sei eins mit der Natur und
einer höheren Intelligenz. Mit der höheren Intelligenz
meinte Spinoza das Universum. Er war sich auch ganz
sicher, dass alles was geschieht, ausnahmslos den
planmäßigen Gesetzen der Natur folgt. Da passt Harrie
doch gut ins System, fällt ihr ein.
Harrie will jetzt nach Deutschland. Glaubt er finde ein
Engagement mit seinem Musikinstrument.

Wenn man die derzeitige Situation in Europa anschaut, dann kann man verfolgen, dass sich alles in Richtung Westeuropa bewegt. Eine richtige Völkerwanderung. Genau in das Gebiet, aus dem die Menschen einst vertrieben wurden. Alles dreht sich im Kreise. Was der Alte ihm über Spinoza und diese 'natürlichen Gesetzen' all die Jahre doziert hatte, ja … könnte so sein. Alles in der Natur unterliegt einer natürlichen Gesetzmäßigkeit. 1938 ist Jacob sen. mit seinem Sohn Jaques aus Europa geflüchtet. 2016 kehrt Harrie zurück nach Europa.'

Harrie und Isabell gehen wortlos nebeneinander her, bis beide gleichzeitig beginnen zu erzählen,

"Ich habe …" beginnen Harrie und Isabell gleichzeitig, "Harrie, du bist auch einer, der nach Europa zurückkehrt. Du wirst vorspielen dürfen. Dafür setzte ich mich ein."
„Bei Sabine Meier, ich spiel ihr den „wild cat blues" das macht niemand so gut wie ich."
„Chris Barber? Sabine Meier ist bekannt für klassische Musik," dabei verdreht Isabell die Augen,
„ich knüpfe mir einen Musikredakteur vor."

Man sagt mir nach ich monologisiere nur. Kann sein, aber eines ist klar,
„… Trujillo wollte die Hautfarbe der Dominikaner aufhellen. Deshalb waren wir dort willkommen …"

Harrie steht mit Isabell in der Tür und wirft ein,
„bei mir hat's funktioniert, ich bin kaffeebraun mit einem guten Schuss Sahne und gut gebaut auf langen hochgestellten Beinen", will Zustimmung von Isabell, aber Thilda wirft ein,
„Ja das ist von mir,"
„Fehlt aber noch was"
„deinen athletischen Body, meinst du das?"

Mathilda zu Jaques
„seinen sexy 'm, du weißt schon, haben wir ihm vermacht."

"Jaques kriegt einen dicken Hals," spottet Mathilda
„wir? Meinst du uns beide?"
Mathilda nickt. Harrie verteilt volle Sektgläser und wendet sich Jaques zu
„du bist x-und neunzig und sollst nicht irgendwann mit einem Geheimnis ins Jenseits treten."

„Was für ein Geheimnis?"
Mathilda
„aber wir wissen es doch alle. Du auch!"
"Ich auch?"

Mathilda zu Harrie,
„Du hast nichts ausgelassen, und mich auch nicht."

Zu Harrie gewandt, " Spiel uns was Schönes, ... eine Salsa ... das musikalische hat er von Jaques."

Eigentlich wäre es mir lieber gewesen, alles wäre ein Geheimnis geblieben.
Irgendwie überforderte mich dieses Geradeaus. Und wie sollte Harrie mich denn jetzt anreden. Mit Opa, Papa, Vater, oder mit Jaques? - Genau, mit Jaques, das wär das Beste.

Schließlich waren es die netten Dominikaner, die mich mit ihrer lockeren Einstellung zum Leben begeisterten. Bis heute erfreue ich mich an ihrer Salsa und Merenge Musik.

Nicht besser hätte es uns ergehen können an diesem goldsandigen Strand mit seinem Tauchriff, wobei es die Kite-Surfer damals noch nicht gab.
Sie sind so lebensfroh, diese Dominikaner, ich greife ihr heute gern noch um die Taille, - meine Gedanken behalte ich für mich:
"Früher konnte ich Thilda locker umschlingen und ihren hochgestellten Hintern, der auf einem hohen Fahrgestell thronte, locker begrabschen. Er war so rund, als wolle er dazu einladen, einen Blumentopf auf seiner vorgewölbten Rundung abzustellen. Heute hat sich ihre Rundung bis hin zum Dekolleté ausgebreitet. Obwohl sie nur wenig jünger war als mein Sohn Johannes so ist sie doch mindestens fünfundsechzig. Aber das Alter kennt hier wenig Grenzen. Schwarzer Kajal um die Augen, knallrote Lippen umrandet von zwei Kreolen so groß wie Wagenräder schmücken ihr kaffeebraunes Gesicht immer noch und wenn sie lacht, blitzen ihre weißen Zähne hervor bis auf die hinteren, die nicht ersetzt worden sind. Sie lachte immer viel und aus vollem

Herzen und natürlich hatte sie jemanden gebraucht, der sie in den Arm nahm als sie plötzlich allein war. Naja. Vorher, das mit Harrie, das war nicht so geplant, war eher ein Versehen. Hatte erst viel später erfahren, dass Johannes gar nicht zeugungsfähig war. Mathilda nahm das alles nicht so tierisch ernst. Johannes war weg. Und Harrie hatte nicht nachgefragt.

Jetzt sitze ich im Gegensatz zu früher nur noch am Fluss zum Angeln. Die Zeiten der Bergwanderungen sind vorbei. Früher habe ich den 'Pico Duarte' bestiegen. Ist immerhin der höchste Berg der Antillen über dreitausend Meter hoch.
Die Leute denken immer nur an 'Ballermann' wenn sie hierherkommen.
Hier in meiner Veranda ist kein 'Ballermann'.

"Hier sitze ich täglich und blicke auf die Brandung, genieße allabendlich einen Drink."
"Oder auch zwei oder drei",
wirft Thilda ein.
Das Verhältnis zwischen meinem Sohn Johannes und mir fröstelt vor sich hin. Aber nach all den Jahren und dem Ergebnis 'Harrie' ist momentan noch nicht mehr zu erwarten. Derweilen fragt Johannes Benni nach alten Zeiten aus. Worüber sie sich unterhalten, verstehe ich nicht.

Während die anderen schweigend auf das aufgewühlte Wasser blicken, braut sich am Himmel erneut etwas zusammen. Der Regen prasselt auf das Dach.

Harrie ermahnt Benni, "du musst lauter sprechen", Benni wird unsicher, "will er das wirklich wissen was damals war?"

"Ja klar", ich bin neugierig.

Vater hatte damals vor der Überseereise noch wochenlang über diesen Pianisten, **'Paul Miron'**, so hieß der Lover von Mutter geflucht. Hatte seine Haustür fast eingetreten, bis eine Nachbarin in der Tür stand und ihm von der geplanten Abreise nach New York oder Kuba berichtete. Jedes Mal, wenn ihm irgendein Indiz zu Mutters Verschwinden einfiel, begann er wieder auf diesen Klavierklimperer, wie er ihn nannte zu schimpfen. Immer wieder geisterte ihm durch den Kopf, wie es passieren konnte, dass dieser Typ ihm die Frau geraubt hatte. Frauenraub. Wo sie letztlich gelandet sein könnte, recherchierte er nicht. Das ließ seine gekränkte Eitelkeit nicht zu. Und seinen eigenen Anteil anzuschauen, das war damals genauso unmodern wie heute. Ich dahingegen habe noch genau den Weg in Erinnerung, den wir gingen, als Vater vor sich hin meckerte und Mutter in keiner Weise zu Wort kommen ließ. Ich sah nur wie sie Luft holte um ihren Einwand kundzutun, bis sie einfach stehen blieb, ihn meckernd weiterlaufen ließ und nach der Kurve umdrehte und verschwand, woraufhin Vater mich dann angemacht hatte, wo Mutter denn geblieben sei.

Dass ausgerechnet mein Schulfreund Benni bis ins kleinste Detail über Mutters Auswanderung informiert war, fiel mir im Traum nicht ein.

Harrie war es, der gern in der Geschichte seiner Familie kramte und mit Benni hatte er den richtigen gefunden. Benni tauchte gern in seine kindliche Vergangenheit ab. Erzählte ihm, wie sehr er seinen Freund **Jaques**, Harries 'Opa' damals im Jahre 1938 vermisst hatte, als sein Vater mit ihm nach Frankreich und später nach Sosúa geflüchtet war.

Benni spricht jetzt lauter, sodass ich ihn besser hören kann,
"in Deutschland konnte man es ein Jahr nach eurer Abreise überhaupt nicht mehr aushalten. Willst du das wirklich alles wissen??"
Der Regen über uns ergießt sich inzwischen wie aus Eimern auf den Vorsprung der Veranda. Es ist als säßen wir in einer geschützten Glocke des Universums. Ich will hören was sie sich erzählen. Die Innenflächen meiner Hände vergrößern meine Ohrmuschel um Bennis's Wortlaut folgen zu können.

"Jaques, weißt du denn nicht was mit Paul Miron und Ruth, ich meine mit deiner Mutter passiert ist?"

"Doch! Sie sind zusammen ausgewandert. Ausgewandert zu Vaters Freund 'Roosevelt' nach USA," hab aber oft dran gedacht, dass sie mich mit Vater einfach hat sitzen lassen."
Harrie wirft ein,
"man erzählt sich, der Alte war sicher auch nicht der einfachste. Künstlerallüren. Sie konnte ihn begleiten, egal welche Arie es war und du hattest die Sopranstimme übernommen"

"hab ich auch später noch auf dem Schiff während der Überfahrt übernommen, als er mal wieder durchgeknallt war. Damals musste er Zarah Leander Lieder singen. Er hatte sich so aufgeblasen, dass sogar der mittlere Knopf von seinem weißen Oberhemd geplatzt war. Ich hatte aus dem Stehgreif die Arie der 'Michaela' aus Carmen gesungen."

Benni wechselt das Thema,
"Jaques, sie sind nicht nach USA ausgewandert."
"Wohin denn?"
"Nirgendwohin." Macht eine Pause.

"Beide, dieser **Paul Miron** und deine **Mutter** befanden
sich auf dem Luxus Dampfer **'St. Louis'** auf dem Weg
nach Kuba."
Macht wieder eine Pause. Versucht sich eine Zigarre
anzuzünden. Es kommt vom Himmel runter was runter
kommen kann. Regen prasselt wie aus Kübeln.
"Sie sind erst ein Jahr später gefahren",
fuhr er fort, als die rote Glut an der Spitze seiner
Havanna Zigarre zu sehen war,
"Sie hatten sich in Hamburg auf die 'St. Louis' mit dem
Zielhafen 'Havanna' eingeschifft."
"Aber sie wollten doch nach USA."
"Das war zu dem Zeitpunkt nicht mehr möglich.
'Roosevelt' wollte keine Künstler, die auf Almosen
angewiesen waren."
"Ach. 'Einstein' hatte im Jahr 1938 bereits für
Einwanderer keine Spendengelder mehr zur
Verfügung".
"Sie sind ein Jahr später im Mai nach Kuba ausgelaufen,"
berichtet Benni weiter.
"Das ist ja ein Katzensprung von 'Hispaniola' entfernt.
Das hätte ich wissen müssen. Ich hätte sie sicher
gefunden. Wer weiß, vielleicht gibt es auf der
Nachbarinsel noch ein paar Halbgeschwister. -
N paar Greise wie uns."

Benni zieht mehrfach an seiner Zigarre, betrachtet sie,

"es ist zu feucht hier draußen." Er fährt fort,
"sie sind im Juli 1939 in Kuba angekommen. Es war
fürchterlich heiß."
"Ok es war heiß und weiter?"
"Es war eine Sonderfahrt mit über neunhundert
deutschen Auswanderern mit dem Zielhafen Havanna.
Ein Luxusdampfer mit allen Schikanen, der in Cherbourg
und Southhampton auch noch Passagiere aufnahm.
Reiche Amis machten sonst auf diesem Schiff ihre
Kreuzfahrten. Genauso lustig schien es auch loszugehen
während der zehn Tage auf dem Wasser. Da war jeden
Abend Party.
Als sie in Havanna eingelaufen sind, fanden Passagiere
sich im Büro des Bordtelegrafisten ein, um ihre
Angehörigen in Kuba über die bevorstehende Ankunft zu
unterrichten. In der Bar wurde Champagner auf die neue
Heimat ausgeschenkt. Der Friseur in der Ladenstraße
hatte gut zu tun, obwohl das feuchte Klima jeden
Haarschnitt zum Einheits-Fussellook verwandelte.
Fröhlich gestimmte Menschen mit Champagnerglas in
der Hand versammelten sich an der Reling … "

Harrie unterbricht Bennis Redeschwall. Er trägt ein
Tablett mit sechs Champagner Gläsern, deren sprudeln
man eine gute Qualität entnehmen kann. Er beugt sich
vor:

"Der Jubilar zuerst, Mama Tilda, Johannes, Isabell, Benni"
dann erhebt Harrie sein Glas:
 "Auf Jaques, den Jubilar."
Schön, dass Harrie mich jetzt mit Jaques anredet und nicht mehr mit Opa, sage es aber nicht laut. Meine Eitelkeit lässt mich selbst mit über neunzig nicht los.

"Wir stoßen auch auf unsere Vorfahren an der Reling der 'St. Louis' an, "meint Harrie

Benni stellt ohne anzustoßen sein Glas ab und fährt fort.

13 St. Louis 1939

Ein Steward verteilte gerade weiße und gelbe Landekarten, während sich die Bordkapelle am Achterdeck versammelte und darauf wartete, dass die Brücken zum Anlegesteg befestigt wurden. In einem schrillen Ton kam die Ansage über den Bordlautsprecher:
"Aufhören!"
Diese Nachricht wurde den Passagieren dann auch noch persönlich vom ersten Offizier überbracht mit den Worten, "die Landeerlaubnis wurde zurückgezogen".

Die Passagiere befanden sich in Champagnerlaune. Viele hielten sich an der Reling am Oberdeck auf. Der erste Offizier wandte sich jedem einzelnen persönlich zu. Für einen Moment entstand der Eindruck, diese

Situation kann nicht real sein. Einige von ihnen waren leicht beschwipst. Sie glaubten es nicht, bis sich ihre Heiterkeit in Hysterie verwandelte.
"Woher weißt du das alles so genau, will ich jetzt mal von dir genauer wissen."
Ich leere meinen Champagner als wäre es Ananassaft, ziehe an meiner Zigarre, das Feuerzeug flammt zu einer großen Stichflamme auf,
"siehst du, geht doch, - aber woher willst du das alles so genau wissen?"

"Die 'New York Times' hat darüber berichtet."

Benni lehnt sich zurück, kratzt mit der linken Hand an seinem weißen Haarkranz. Konzentriert auf die damalige Berichterstattung der Times lässt er die Bilder vor seinem inneren Auge ablaufen:

"In Havanna durften nur ein paar Franzosen und Spanier aussteigen.
Kuba befand sich im Jahre 1939 noch in einem chicki micki Rausch, der sich noch bis zur Revolution hielt, bevor er mit 'Fidel Castro' ein neues Zeitalter startete. Angesagt war die Zeit der Spieler, die von Miami aus eine Spritztour nach Havanna machten. Es gab Spiel, Spaß und Nutten, Havanna als Alternative zum puritanischen Amerika, vorausgesetzt man brachte genug Geld mit.

Deutsche Einwanderer passten nicht ins Bild. Ihnen wurden gefälschte Einwanderungspapiere unterstellt.

Über neunhundert deutsche Passagiere blieben auf dem wieder ablegenden Schiff zurück.
'Die St. Louis' bekam zwar die Genehmigung auf der Stelle zu treiben, trieb aber in der starken Strömung des Golfstroms ab und bewegte sich in Richtung Miami Beach, bis die Kompassnadel nur noch die Entfernung einer Meile von Miami Beach anzeigte. Dann ging alles ganz schnell. Rettungsboote tauchten vor Miami auf. Alle Decklampen wurden auf Anweisung gelöscht. Es wurde stockdunkel. Matrosen gingen in die Rettungsboote. Der Anker wurde gelegt. Von Backbordseite aus gesehen waren ein paar Lichter von Miami zu sehen.
Die Besatzung dachte, der Leuchtturm würde den Booten nun den Weg weisen, bis klar wurde, was sie gesichtet hatten waren gar keine Rettungsboote. Es waren mehrere Patrouillenboote der Küstenwache, die dann auch auf Steuerbord Seite gesichtet wurden. Scheinwerfer flammten auf, um das Deck der 'St. Louis' abzutasten. Am Bug des ersten Patrouillenbootes stand CG, was so viel bedeutet wie 'Coast Gard' mit der Nr.244 und morste die' St. Louis' an.

*Der Küstenwache von Fort Lauderdale wurde mitgeteilt,
dass es sich um die St. Louis mit 900 Passagieren
handelte, die in Rettungsbooten an Land müssen.*
Aufforderung der Küstenwache lautet:
Verlassen sie die Dreimeilenzone!
*Ein zweiter Versuch mit der Begründung, es handele sich
um einen Maschinenschaden missglückte ebenfalls.*
Stattdessen wurden noch zwei Flugzeuge nachgeschickt.
*Die Stimmung an Bord wurde unruhig. Passagiere
bedrohten den Kapitän des Schiffes. Der Kapitän
kooperierte mit den Passagieren und nahm Kurs auf
Nord-Osten außerhalb der Floridastraße.*
*Pressemeldungen kreuzten sich hin und her, bis eine
Genehmigung mit Kurs auf Kuba zur Insel "Pinos" beim
Kapitän einging.*

Funkspruch von Tropical Radio Miami lautete:
*Sind auf dem Weg nach **Pinos**, was sich auf halbem Weg
auch zerschlagen hatte.*
*Es folgte die Aufforderung, nach Deutschland
zurückzukehren, woraufhin die Situation mit den mehr
als neunhundert Passagieren eskalierte und zum Boykott
führte.*
Im D-Deck tagte ein Sabotage Komitee.
*Eine große Anzahl der Passagiere plant, beim Einlaufen
in die Nordsee, eine Katastrophe herbeizuführen.*

Sie werden den **Maschinenraum sprengen.** *Sie planen einen Brand.*

Meuterei. *Sie wollen die Brücke besetzen.*

Sie nahmen den Kapitän in die Mangel: "Sie haben Ihr Wort gegeben, dass Sie uns nicht zurückführen nach Deutschland."

Die Bordkapelle spielt in der großen Halle ganz für sich allein.

Der Kapitän schließt den 1. Offizier in sein Vertrauen ein und beschließt während beide die Seekarte studieren:

"An der Südküste Englands zwischen 'Playmouth' und Dover liegt 'Cap Lizard'.

Fährt mit dem Zeigefinger der Strecke entlang.

Bei Ebbe werden wir auf Sand laufen, die Passagiere werden mit Booten landen. Wir werden eine Motorhavarie vortäuschen, einen Schiffsbrand markieren. Den Brand werden wir später löschen."

Inzwischen hat sich das Geschehen vor Fort Lauderdale/Miami zu einer Eigendynamik entwickelt.

Amerikanische Zeitungen erfinden die Pressenachricht, 200 Passagiere seien vor Miami über Bord gesprungen. Diese negative Nachricht erregte die Gemüter der USA.

Plötzlich ergaben sich weltweite Einigungen.
Die St. Louis durfte in Antwerpen anlegen.
Die Passagiere wurden auf Groß Britannien, Holland, Frankreich und Belgien verteilt.
Lediglich die Passagiere in Groß Britannien blieben von den Deutschen verschont. Die anderen sechshundert Passagiere wurden kurze Zeit später von den Deutschen in Holland, Belgien und Frankreich verfolgt und haben größtenteils nicht überlebt."
In der Veranda ist es still geworden. Kein Regen prasselt mehr. Leichte Sonnenstrahlen kommen zum Vorschein.
Mir wird jetzt klar, er wollte es nicht aussprechen,
eine Zeit lang begutachte ich meine Zigarre, dann fließen die Gedanken wie von selbst aus mir heraus:

"Mutter gehörte nicht zu den Überlebenden,"

Benni bestätigt mit Kopfschütteln, macht eine Pause, geht in sich und ergänzt:
"Erinnern allein genügt nicht. Es bedarf der aktiven Kraft einer Auseinandersetzung um neue Bewegungen entsprechend zu konfrontieren. Wichtig ist es, die

Geschehnisse von damals zu thematisieren, vor allem darstellen, wohin der Rassismus geführt hat,"

kann ich nur bestätigen, ... " und wie es sein kann, dass sich in einem Land mit seiner derartigen Vergangenheit rassistische Aktivitäten erneut ausbreiten können."

Isabell fühlt sich wie geplättet.
"Das kann doch nur heißen, dass die menschenverachtende Ideologie weitergegeben wurde und immer noch in den Köpfen ist. Wir sind alle die Fortsetzung von Traumata anderer Leute. Wir sollten aufhören zu glauben, dass es unsere eigenen Traumata sind, die uns in unerwarteten Momenten heimsuchen wie irgendwelche Geister."
Als Isabells Smartphone einen leisen Ton von sich gibt wird sie abgelenkt. Sie wischt übers Display und verschwindet im Flur. Unsere Runde von Benni, Martha, Johannes und Harrie hat sich inzwischen eng zusammengefügt, und es ist als suchten wir die körperliche Nähe zueinander, um die Ereignisse gemeinsam zu tragen.
Im Flur entnimmt Isabell ihrer E-Mail die neuen Flugdaten. Das Smartphone klappt zu. Ihr Kopf hebt sich, dabei richtet sich ihr Blick auf das rot gerahmte schwarz-weiß Foto inmitten einer Bilderwand von Erinnerungsfotos. Nur dieses eine Bild ist rot gerahmt.

Darauf blickt eine sichtlich gealterte Frau konzentriert in ihr Publikum.
Isabell spürt Harrie neben sich.

"Da ist sie ja, die 'Golda Meir' als Ministerpräsidentin Israels,"
"so wie wir sie aus den Geschichtsbüchern kennen", ergänzt Harrie.
"Die beiden hatten sich noch regelmäßig geschrieben."
"Hat sie geantwortet?"
"Keine Ahnung. Wahrscheinlich nur selten. Das Bild stammt aus der "New York Times. Er hatte sie bis zum Schluss verehrt".
Isabell stemmt ihre Hände auf die Hüften, dabei grient sie ihn an:
"Immerhin hat sie eure Weichen gestellt."

Der Jumbo von Puerto Plata nach München hat abgehoben.

Harrie hat wieder denselben Platz eingenommen wie beim ersten Mal. Sein Blick aus dem Fenster richtet sich konzentriert zum Dreier-Triebwerk. Auf ihrer Crew-Bank hat Isabell Harrie im Blickfeld, der sich seiner Nachbarin annimmt. Seinen Lippen kann sie ablesen, "wenn die Maschine elnmal fllegt, dann fliegt sie, fliegen ist sicherer als Autofahren."

<u>München</u>

Harrie trägt Isabells Koffer in den ersten Stock ihrer Wohnung, während Isabell den Briefkasten leert.
"Warum nimmst du nicht den Fahrstuhl?"

'Wir dürfen nicht vergessen, die Erzählung muss zu einem Handeln führen, wenn sie nicht ohne Wirkung sein will,' tippt Isabell in ihr aufgerufene Fenster der Tageszeitung WZ 'Gesellschaft' in ihren PC ein und fügt nach kurzer Überlegung hinzu, Novelle eines Zeitzeugen aus der Karibik:
Harrie denkt laut,
"Wenn er 1938 zwölf war, dann ist er … 1926 geboren und sein Vater ca. 25 Jahre früher, so wie Golda."
Isabell tippt weiter:
"Erinnern reicht nicht! Wir dürfen nicht vergessen. Die Geschichte der St. Louis wurde sogar verfilmt mit 'Faye Dunaway'. Interessant ist es, dass der Amerikanische Film wesentliche Teile, die 'Roosevelt' betreffen weggelassen hat. Dem Kapitän der 'St. Louis' wurde in Hamburg ein Ehrendenkmal errichtet, dass auch von 'Willi Brandt' besucht wurde."
Harrie liest laut mit und unterbricht Isabell:
"Während Benni von einer geplanten Havarie der 'St. Louis' erzählte, lief mir ein Schauer über den Rücken.

Plötzlich waren mir die Bilder von unserem Chaoten-Flug mit dem brennenden Triebwerk wieder präsent."
Isabell gibt zu, "so etwas habe ich auch zum ersten Mal erlebt, aber eine Veröffentlichung diesbezüglich wurde mir ja vom Flugkapitän verboten."

Isabell fährt fort mit ihrer Berichterstattung:
"Der Protagonist Jaques und sein Schulfreund Benni sind mit einem blauen Auge davongekommen. Heute genießen sie ihr Dasein in der Karibik. Es ist nur einem Zufall zu verdanken, dass Jaques Vater ein Engagement als Sänger im Hotel 'Royal' erhielt und zufällig der jungen Golda Meir begegnete, die ihm zufällig auch zu einer Überseepassage in die Karibik verhalf. Vater und Sohn befanden sich zur richtigen Zeit am richtigen Ort.

Jaques Vater hätte sich jetzt die Frage gestellt, folgen diese 'Zufälle' einer natürlichen Gesetzmäßigkeit in die er Gott mit einbezog und wenn 'Spinoza' von Gott sprach, dann sprach er von jemanden, der eins war mit der Natur einer höheren Intelligenz, die alle irdische Substanz in sich vereint. Alles was geschieht, folgt ausnahmslos den planmäßigen Gesetzen der Natur.
So ist der Fluss des Lebens, alles fließt an dir vorbei, wenn du es fließen lässt, wirst du vom Fluss getragen. Er trägt dich durch Veränderungen hindurch, du musst ihm nur vertrauen.

Ich bedanke mich ganz besonders bei meinem Mann Albert für die intensive Unterstützung am Computer. Ich bedanke mich für die sensible Auseinandersetzung mit meinem Text bei Barbara, Ute und Rüdiger.

9 783743 127586

Herstellung und Verlag:
BoD - Books on Demand, Norderstedt
ISBN 978-3-7431-2758-6